絶対夢は絶対君のラブ&キス

告白実行委員会 ファンタジア LOVE & KISS

原案／HoneyWorks

著／香坂茉里　イラスト／ヤマコ

絶対無理は絶好調で壊しちゃえ

焼き付けさせてあげるよ

告白実行委員会　ファンタジア

LOVE&KISS

原案／HoneyWorks

著／香坂茉里

23403

角川ビーンズ文庫

本文イラスト／島陰涙亜

もくじ

CONTENTS

Introduction ～イントロ～

険しい山脈に囲まれた北の国に、ドラゴンが守る宝石があるという。
それは、どんな願いでもただ一つだけ叶えてくれる。
今は語り継ぐ者もいない。
遠い昔の、忘れ去られた物語。

遥か彼方のその国へ。
出迎える麗しき乙女に跪き、誓いと口づけを。
汝のその手に、幸運と祝福を授けましょう。

これは、『希望』の世界へと続く物語——。

　どこからか吹き込んでくる風が、丸テーブルにおかれているロウソクの炎を揺らす。店内には数人の客がいて、低い声で雑談をしながらカップを傾けていた。どこの街でも、この手の下町の酒場では酔っ払った客が浮かれ騒いでいるものなのに、この店の客たちは陰鬱な表情で、笑い声一つあげない。警戒心まじりの視線を、カウンターにいる旅人に向けるばかりだった。

　この街を訪れてから、『どこかおかしいな』という雰囲気を肌で感じ取ってはいたが、その感覚がますます強くなる。旅人など滅多に訪れない閉鎖的な田舎町ならともかく、ここは小国の王都だ。城門を抜けた先に尖塔のある城が建っているのが見えた。

　交易の盛んな国で、多くの旅人や商人がこの街を訪れると聞いていたのに、大通りに並んだ店は大半が閉まっていて、古くなった看板だけが風にあおられていた。通りを歩く人の姿も疎らだ。

　昼間に立ち寄った市場も、萎びた野菜がわずかに売られているだけだ。子どもたちの声すら聞こえないというのは、どういうことなのだろう。

「噂では、もっと賑やかな街だと聞いていたけど、ずいぶんと静かなんですね」

カップを傾けながら、店主の男にさりげなく話しかけてみる。樽から酒を注いでいた男は、不審そうな目をしながらも、「そういうわけでもなくてね」と首を横に振った。

「魔物が現れるようになって、街道が通れないのさ。おかげで、この様さ」

「へぇ……」

（魔物、ね……）

その手の話は、珍しいことではない。実際、旅をしていれば魔物と遭遇することもある。といっても、魔物よりも、山野で遭遇する野獣や、旅人を襲って金品を強奪しようとする山賊のほうがよっぽど多いのだが。どのみち、旅に護身用の武器は欠かせない。城壁の中ならいざ知らず、その門から一歩外に出れば、いつなにに襲われてもおかしくはない危険地帯ということだ。

「前王の頃はよかったんだが、王女様が王位をお継ぎになってからは……」

店主の男は急に難しい表情になり、口をつぐんだ。

「まあ、あんたも、早いところこんな街は出て行くことだよ……」

そう言うと、男はもうきかないでくれとばかりに背を向ける。これ以上は、尋ねても無駄だろう。そう判断して銀貨を一枚カウンターにおく。水のように薄いぶどう酒が半分ほど残っているカップを残し、椅子に立てかけていた荷物を取った。

布にくるまれている長い弓だ。それを肩にかけると、「ごちそうさま」と言い残してカウンターを離れる。

客たちは急に無言になり、店を出て行くまでジッとこちらの様子をうかがっていた。

外に出てドアを閉めると、湿った風が吹きつけてくる。雨がパラついていた。空はすっかり暗く、通りに人の姿はない。

「ろくな話が聞けないな……」

つばの広い帽子をしっかりとかぶり、濡れ始めている石畳の道を歩き出す。この街に来て、幾人かに話を聞いた。けれど、みな、口が重くあまり多くを語りたがらない。これでは、数日滞在して、辛抱強く情報を集めてまわるしかないだろう。

(仕方ない……それにしても、人の姿がないな)

静まり返った暗い通りを見回してみたが、家々の灯りすらもれていなかった。まるで無人の街のような不気味さだ。まだ、日が落ちたばかりだというのに、寝静まるには早すぎるだろう。

ギッと開いたドアの音に気づいて振り返ると、小さな子どもが顔を覗かせている。

目が合うと、すぐに家の中に引っ込んでしまった。勢いよく閉まったドアの向こうで、「外に出てはダメと言ったでしょう!」と、叱りつける母親の声が聞こえた。

(人がいないわけではないのに)

怪訝な顔をしながらも歩き出す。濁った雲の一部がぼんやりと赤いのは、月が隠れているからだろう。

水路にかかる石橋を渡ったところで、後ろから伸びる人影に気づいた。チラッと川面に視線を向けてから、わざと歩調を遅くする。

細い通りに入っても、後ろからついてくる気配は消えない。壁によりかかるようにして、酔っ払った老人が酒瓶を抱えながら寝ていた。

通りを曲がったところで、勇次郎は一度振り返ってから駆け出す。

背後から聞こえる相手の足音も、焦ったように速くなる。いつの間にか雨脚が強まっていて、ケープも帽子もすっかり濡れてしまっていた。

道の先は塀になっていて行き止まりだ。勇次郎は振り返りざま、腰に隠していた短剣を引き抜く。

その剣先が空を切り裂いた。あと少しで、背後に迫る相手の喉もとに届いていただろう。けれど、相手が反射的に仰け反ってかわすほうがわずかに早かったようだ。

一瞬ふらついているのを見て、勇次郎は地面を蹴って回し蹴りをしようとする。

「ま、待った！」

相手があわてふためいたように声を上げ、攻撃の意思はないとばかりに両手を上げる。

背格好と顔立ちからして、歳は自分とそう変わらない。彼もまた旅人なのか、帽子を深くかぶり、ケープを羽織っている。肩幅が広く、腕や脚もしっかりしているところを見ると、そこそこ鍛えているのだろう。

リボンで後ろ髪を縛っている。深くかぶった帽子の先から雨がしたたり落ちていた。

「いきなり、攻撃してくるなよ。卑怯だろ⁉」

「人の後をコソコソつけてくるならず者に、礼儀正しく接してやる義理はないんでね」

短剣を突きつけたまま、ハッと笑って言い返した。

「俺はならず者じゃない。かっこう見ればわかるだろ！」

「十分、ならず者に見えるけど」

「ハァ⁉　どこが⁉」

「顔と雰囲気。というか、ならず者じゃなかったらなに？　山賊？　追い剥ぎ？　強盗？」

「それ、全部同じじゃねえか！」

彼は疲れるとばかりにうなだれて、ため息をつく。

よく表情が変わるやつだと笑いそうになり、短剣を腰の鞘に戻した。

ならず者ではないのは、嘘ではないのだろう。だとすれば、なんのためにつけてきたのか、多少は興味がわく。

（話くらいは、聞いてやってもいいけどね……）

「で……なんの用？」

彼は顔を上げると、真剣な表情で真っ直ぐにこちらを見る。

「俺と同じように……この街で、願いを叶えてくれるという世界にただ一つだけの宝石を、探しているやつがいると聞いたからだ」

トーンを低くした彼の声に、路地を叩く雨の音が重なる。

お互い、向き合ったまま数秒黙っていただろうか。

〝勇次郎〟は、ゆっくりと帽子のつばを下げる。その唇からもれたのは、「なるほどね……」という一言だけだった。

（こいつも、同じか……）

これから話す物語

奇跡はあるんだよ
ごらん

Act I ～第一幕～

歌えなくなっていた時がある——。

心弾ませる音が、聞こえなくなっていた時がある。

あの頃は、雑音から逃げるように、世界を閉ざしていた。

スタジオの狭いブースで、愛蔵はヘッドホンを片手で押さえたままマイクに向かって歌う。今日は新曲のレコーディングの日だった。これが一回目だが、調子がいい。曲のデモと楽譜をもらってから何度も練習したし、色々パターンを変えて試してみたりもしたが、今日が一番、イメージ通りに歌えている気がした。

（あれ、これ、いいよな……）

スタジオに入った時、ディレクターから『最初は軽く歌ってみようか』と言われたことを思い出す。肩に力が入っていないからだろうか。それとも、コンディションがよかったおかげかもしれない。声が伸びるし、音も安定している。そのまま歌いきると、『よしっ』と拳を握った。

「OK。これでいこうか」

ヘッドホンをずらすと、スピーカーから声がした。愛蔵は「えっ？」と、ガラス窓で仕切られたコントロールルームを見る。拍子抜けしたように、「いいんですか？」ときいた。いつもなら、続けて二回目に入るところだ。

「いいよ。よかったから。どうしたの？　めちゃくちゃ調子いいじゃん」

「なんでだろ？　晴れてた……から？」

愛蔵は首を傾げて答えた。今日の天気予報は降水確率0パーセント。朝、家を出た時から快晴だった。

スピーカーから、「それ、関係すんのか」とディレクターの笑う声が聞こえてくる。

「んじゃ、ついでにもう一回歌っておこうか。さっきの感じでいいから」

愛蔵は笑顔で、「はいっ！」と返事する。思うように歌えなくて、何度も録り直すこともあるから、一度でOKが出る今日のような日は珍しい。それに気持ちよく歌えることがなによりも嬉しかった。

あっさりと収録が終わり、挨拶をしてスタジオを出ると日が落ちていた。交差点の横断歩道を渡った人たちが、続々と駅の方へと歩いていく。

（今日の仕事って、これで終わりだったよな……レッスンもないし）

スマホを出してスケジュールを確認すると、さきほどの収録で予定は終わりだった。

愛蔵がアイドルオーディションに合格し、『メビウス』という芸能事務所に入ったのは中学三年の時だ。合格者はデビュー確定という触れ込みにつられて応募したのに、なぜか自分以外にもう一人合格者がいて、二人でユニットを組む羽目になってしまった。ユニット名は、『LIP×LIP』だ。

『ロメオ』という曲でデビューし、今は高校生アイドルとして注目を集めていたりもする。

歩道の信号が点滅して赤に変わったため、愛蔵は交差点で足を止めた。帽子を深くかぶり、メガネをかけているが、同じように信号待ちしていた高校生の女子二人が、「えっ、あれ、愛蔵君じゃない？」とコソコソ話しているのが聞こえてくる。「うそっ！　本当に!?」と、興奮気味に言いながらこちらを見てくるのがこそばゆく思えて、帽子のつばを下げた。

信号の先の大型ビジョンには、ちょうど自分と相方が煌びやかな王子様風の衣装で映っている。

夏に行われるライブのCMだ。それに合わせて、新曲の収録や、CD制作、ダンスレッスンにボイストレーニングと日々忙しく活動している。

デビュー前は、自分がなにをすればいいのか、どこに行けば自分の居場所が見つかるのかわからなくて、持て余した時間をもっぱら、勉強とギターの練習に費やしていた。それ以外、なにをする気にもなれなくて、誰かと関わることすら億劫で、会話もろくにしなかっただろうか。学校の友人たちとはそれなりに話はしていたが、部活を熱心にやったり、みんなで遊びに行ったりはしなかった。家に居づらくて、馴染みの楽器店の練習室を借りて、そこに入り浸っていた毎日。

そんな自分が、アイドルオーディションに応募したのは、歌を歌いたかったからだ。理由はそれだけだった。アイドルに向いている性格だとは思わない。女子に騒がれるのは苦手だ。みんなの王子様のように振る舞うなんて、デビュー前の自分なら考えもしなかっただろう。

中学の頃の友人たちは、愛蔵がアイドルになったと聞いた時、『えっ、マジで⁉　お前が？』といたくびっくりしていた。当然だ。あの頃は、女子たちとほとんど口をきかなかった。無愛想だったこともあり、敬遠されていたようにも思う。

大型ビジョンで自分の投げキッスを見せられるというのは、なかなか恥ずかしいものがある。アイドルなんて柄ではないけれど、他に自分の歌を誰かに聴かせる方法が思いつかなかった。

歌が好きで、いつもソファの上で跳びはねながら歌っているような子どもだった。

そんな愛蔵を見て、母親が気まぐれに応募したのが歌のコンクールだ。ステージに立ち、みんなの前で歌ったのはその時が初めてでもあった。

愛蔵自身、歌がうまいとまわりに賞賛され、学校でももてはやされるものだから、『将来はミュージシャンになるっ！』なんて吹聴してまわっていた。

今にして思うと恥ずかしいことだが、調子に乗っていたのだろう。

そのくせ、いざコンクールに出られることになって、大きなホールに入った途端、吐きそうなほど気分が悪くなり、ホワイエで座り込んでしまった。

大きく膨らんでいた風船が急にしぼんでしまったように臆病になって、自分がひどくちっぽけに感じられたのだ。

なんとかステージに立てたのは、兄が背中を押してくれたから。歌い終えた時の割れんばかりの拍手と、客席で聴いてくれていた家族の誇らしげな笑顔はこの目に焼きついている。母は感極まって泣いていたが、それでもやっぱり笑顔だった。

もっとみんなの前で歌いたかった。賞賛してほしかった。ステージに立てば、誰もが自分を見てくれる。誰もが自分を必要としてくれる。ケンカばかりの両親も、この時だけは笑顔になってくれる。それがただ、嬉しかった。

ずっと、ステージに立って歌いたいと、初めて夢を抱いたのもあの瞬間だっただろう。気まぐれな思いつきの空想ではない。本気で目指したいと思った夢だった。

一度は歌えなくなって、諦めていたその夢を、暗がりにいるような先の見えない毎日の中で、もう一度、見たいと願った——。

ほかには、なにも残っていなかったから。それが最後の〝希望〟だった。

ステージに立てば、歌えば、誰かにまた必要としてもらえるかもしれない。誰かを笑顔にできるかもしれない。失ったつながりを、取り戻せるかもしれない。

世界のどこにも自分の居場所はないように思えていた。だから、自分が安心していられる場所を、受け入れてもらえる場所を作りたかった。

（それが、アイドルの世界だなんて、予想もしてなかったけど……）

愛蔵は大型ビジョンを眺めながら微かに笑う。しかも、相方は理解不能で気も合わず衝突してばかり。まるで未知の宇宙人と遭遇してしまい、日々戦っているような気分だった。

今では交信可能なレベルまで理解できるようになったとはいえ、気に食わないのも、腹立たしいのも相変わらずで、口げんか程度なら日常茶飯事。時には意見の食い違いからつかみ合いになることもある。それでも、世界でただ一人の相方には違いなく、辛抱強くつき合っていくほかないのだろう。

（そういえば、あいつ……今日、雑誌の撮影だっけ？）

　このところ、別々に仕事をすることが多くなったため、相方のスケジュールをすべて把握しているわけではない。事務所で顔を合わせた時に、マネージャーとそんな話をしていたような気がする。ファッション誌の撮影だったはずだ。マネージャーにわざわざ確認するほどのことでもなく、スマホをしまおうとした時、メッセージが入った。

（あっ、ＹＵＩさんからだ……）

『Ｆｕｌｌ Ｔｈｒｏｔｔｌｅ４』、通称『ＦＴ４』というダンスボーカルユニットのメンバーの一人だ。ボーカルのＹＵＩとＲＩＯ、パフォーマーのＭＥＧＵとＤＡＩ。そして、彼らをまとめているマネージャー兼プロデューサーのＩＶだ。

　彼らは愛蔵が受けたオーディションの審査員もしていて、合格後も愛蔵と相方のダンスやボーカルの指導をしてくれた。今でも、時間が空いた時には気まぐれに見てくれる。

　所属事務所は違うし、彼らはアイドルではない。愛蔵にとっては尊敬もするが、負けたくない人たちでもあった。

『あいぞ〜暇？　めちゃくちゃうまいラーメンの店見つけたから、三十分後に駅前に集合な〜！』

と、かなり強引なお誘いのメッセージが入っていた。愛蔵は「どこの駅前なんだ？」と、いささか苦笑しながら返信する。

ＹＵＩの言う、『めちゃくちゃうまいラーメンの店』は、おそらく『めちゃくちゃ辛いラーメンの店』なのだろう。あの人は、無類の辛いもの好きだ。以前、連れて行ってもらった激辛たんめんの店で、あまりの辛さに三秒ほど意識が飛んでいたことを思い出す。あの時はたしかに、お花畑の幻覚が見えていた。できれば、今回は普通にうまいラーメンを食べたいものだ。とはいえ、奢ってもらっている身では文句は言えない。

「仕方ない、つき合うか……」

諦めてため息まじりに呟いた。多少、覚悟を決めて行く必要があるだろう。

それに、ちょうど話したいこともある。仕事が終わったらマネージャーに迎えに来てもらうことになっていたが、その必要はないだろう。収録が問題なく終わったことだけ報告し、ちょうど青に変わった横断歩道を急いで渡った。

ＹＵＩが待っているのは、すぐ近くの駅のようだった。駅前の広場に向かうと、ビルの灯りが暗くなった街を照らしている。駅の出入り口付近では、誰かと待ち合わせをしている人たちがスマホを眺めたり、集まって楽しそうに騒いだりしている。

捜すまでもなく、YUIの姿はすぐに目に入った。噴水の縁に腰掛けている彼のまわりに、女の人たちが集まっていたからだ。大学生か、社会人だろうか。

彼女らと楽しそうに談笑していたYUIが、「愛蔵～、こっち！」と大きく手を振った。

周りにいた女の人たちが、「えっ、愛蔵君⁉」と急にざわめいて、いっせいにこちらを見る。愛蔵はあわてて下を向き、帽子で顔を隠そうとしたが遅かった。

近くを歩いていた女子高生たちがパッと振り向き、「キャーッ！」と興奮したような悲鳴を上げる。

「あっ、ほんとだ～。かわいい～～っ！」

「ええ～、なんで、なんで？　YUI君、愛蔵君と待ち合わせ？」

YUIの周りにいた女の人たちの声が聞こえてくる。これでは、わざわざ変装している意味がない。仕事の時以外は、あまり騒がれたくはないのに。

けれど、YUIはまったく気にしないらしく、今も変装すらしていなかった。FT4のボーカルで、女性だけではなく男性にも人気がある彼だからどこにいても目立たないはずはないのにだ。騒がれることも、注目されることも当然だとばかりに、女の人たちに囲まれて平然としている。その余裕が、うらやましくもあった。

「俺、愛蔵と行くとこあるからさ。ごめんな～」

YUIは立ち上がり、近づきがたくて立ち止まっていた愛蔵のほうにやってくる。

「どこ行くの〜？」

「んー、いいとこ？」

ナイショとばかりに唇に人差し指を当てると、その指を彼女たちに向けてウィンクする。

ファンサービスなのだろう。

「今度、ライブやるからさ。俺たちに会いにきてよ。サイコーッに、気持ちよくさせるから♥」

まわりから、「キャーッ!!」と嬉しそうな悲鳴が上がる。「YUI君、かっこいい〜〜っ！」、「絶対、行くね〜っ！」と、盛り上がっている女子たちに、YUIは軽く手を振り、愛蔵と肩を組んで歩き出す。

FT4はダンスボーカルユニットだ。それが彼らのこだわりなのだろう。

けれど、アイドルである自分よりも、よっぽどアイドルっぽく思える。

経験の差だろうかと、愛蔵は密かにため息を吐いた。


YUIが連れて行ってくれた店は、雑居ビルが並んだ細い路地にある小さな店だ。『限界突破の辛さ体感ッ!!』、『当店一番人気、悶絶レベルの激辛担々麵!』と表の看板に書かれているのを見て、「う……ぐっ!」と怯みそうになったが、「ここの担々麵、超絶うまいんだよね～っ!」と上機嫌なYUIに腕をつかまれているから逃げられない。引っ張れるようにして店に入ると、カウンター席に案内された。

ちょうど帰宅時間で、普通なら混み合っていてもおかしくないが、店員さんたちは暇そうだ。お客さんは一組くらいしかいない。ゆっくり落ち着いて食べられるようにという配慮から、人が少ない店を選んでくれた——わけではないだろう。

単に辛すぎて、お客さんがあまり来ないだけのようだ。

これは、相当ヤバいんじゃないかと、食べる前から額に汗が滲んでくる。

(できれば、あんまり辛くなさそーなやつを……)

「あっ、激辛担々麵辛さ三倍増し二人前!」

メニューを見る前に、YUIが手を挙げて注文してしまう。「えっ、ちょっ、待っ!!」と、声を上げたが、時すでに遅かったようだ。店員さんが、「激辛担々麵辛さ三倍増し二人前!」と大きな声で繰り返し、オーダーが通ってしまっていた。

(三倍増しってなんだよ。そんなメニューないだろ。裏メニュー!?)

「大丈夫だって～。この店の担々麵、そんなに辛くないから!」

YUIは見るからに不安げな顔になっている愛蔵の背中を叩きながら笑う。

「ＹＵＩさんの『辛くない』は、普通の人の『すっげー辛い』なんですってっ！」

「愛蔵……いいこと、教えてやろーか？　辛いもの食うと、歌のレベルが上がんだぞ～。俺を見習っていれば間違いなし！」

得意満面に、ＹＵＩは親指をクイッと自分の方に向ける。

（そんなわけねーし！）

愛蔵は心の中で思わずツッコんだ。むしろ、喉がヒリヒリしそうだ。

（いったい、どんな強靭な喉してんだ、この人……）

「そう……そして、辛いものを食うと、最強のモテモテになるっ！」

「全然、わかんねー……っ!!　意味がっ!!」

愛蔵はテーブルに突っ伏して、苦悩するように小さく唸った。

「愛蔵は鍛え方が足んないんだよ。それを一人前にしてやろうっていう、あったかい先輩の思いやりっしょー」

いったい、なにを鍛えられているんだか。

愛蔵は眉間に皺を寄せたまま、ムクッと体を起こした。

「どーせなら、歌のほう鍛えてほしいんだけど！」

ＦＴ４のボーカルであるＹＵＩからなら、教わりたいことは山ほどある。この人の力強い歌声は人の心を揺さぶるのだ。

「だーかーらー、辛いもの食えば上手くなるんだって〜。今日の担々麺が、その第一歩！」

適当なことを言いながら、YUIは割り箸を紙袋から出したり引っ込めたりして遊んでいる。実を言うと、YUIから歌のレッスンを受けたことはまだ一度もない。

デビュー前、パフォーマーのMEGUとDAIに、ダンスの指導を受けたことがある。

（あの二人の指導は、めちゃくちゃわかりやすかったよな……）

色々とぶっとんだ噂も聞く二人だが、基礎からしっかりと教えてくれた。

ダンスはあの二人に、歌はIVに鍛えてもらったおかげで、今の自分たちがあると言っていい。

IVはさすがに、FT4のリーダーだけあって、落ち着いていて終始にこやかではあったが、教え方はかなりハードだった。わずかな音程のズレも聞き逃さないところはさすが、というべきだろう。あの相方ですら、何度も直されていたくらいだ。

『いいか？　なにがあっても、絶対、IVを怒らせんじゃねーぞ！』

『そーそー、じゃないとこの世の地獄を体感しちゃうことになるからね〜』

IVの指導を受けることになった日、DAIとMEGUに真顔で言われたのを思い出す。

幸いにして、IVを怒らせることはなかったし、地獄を体感することにもならなかったけれど、IVがメンバーに密かに怖れられている理由はなんとなくわかるような気がした。

笑顔の裏に、有無を言わせない威圧感と、逆らいがたい強烈なオーラがある。やはり、問題の多い型破りなメンバーのリーダーをやっているだけのことはある人だ。

もう一人のボーカルであるＲＩＯからも、レッスンを受けた。

彼らに、『お前らは俺ら、ＦＴ４仕込みだから！』と言われると、ライブでも恥ずかしいパフォーマンスはできないと気合いが入る。それは相方も同じだろう。

彼らに『まだ、青い！』と、いつまでも思われていたくはない。『簡単に追い越させねーよ？』と余裕綽々で笑っている彼らに、自分たちの実力を見せつけてやりたいという思いもある。


「……そうだ。今度、スケボー教えてくださいよ」

ＹＵＩはボーカル担当だが、スポーツも得意で、スケートボードが趣味だ。雪のシーズンにはスノーボードもやると話していた。

「いいけど、やったことあんの？」

「兄貴と一緒に、ちょっとだけ」

兄が買ってもらったスケートボードで、一緒に練習していたことがある。二人ともまだ小学生だった頃の話だ。

「そういえば、愛蔵は兄貴いるんだっけ～？」

「今はあんまり仲良くなくて……家じゃほとんど口もきかないけど」

愛蔵は苦笑してそう答えた。これでも、昔はそうではなかったのだ。一歳しか違わないこともあって仲がよく、友達と遊ぶ時間よりも兄と遊ぶことのほうが多かった。

あの頃は、自分よりも色々できる兄のことを〝すごい〟と思っていた気がする。スケートボードもそうだった。

兄はボードを買ってもらったその日には、もうすっかり乗りこなしていて、誰にも教わっていないのに簡単なターンやジャンプくらいはできるようになっていた。愛蔵はマネをしてやってみてもうまくいかず、尻餅をついたり、転んだりするばかりで――そんな愛蔵に、笑いながらコツを教えてくれたのも兄だ。

運動が苦手だったわけではない。むしろ、体育はほかのクラスメイトよりも得意だった。ただ、兄のほうがそれよりも器用だったというだけのことだ。

（あの人はいつもそうだったっけ……）

鉄棒も、サッカーやバスケも、徒競走もよくできてクラスで一番だった。運動会のリレーでアンカーに選ばれ、ゴールテープを切るのはいつも兄だった。テストの点数もかなりよかっただろう。

けれど、そのことを本人はとくに自慢するわけでもなく、いつも興味がなさそうにしていた。望めばもっと上を目指せるのに、なんだってできるのにやろうとしない。そんなところが周囲の大人には歯がゆく思えたのだろう。担任の先生と二者面談を終えて帰ってきた母が、兄にお説教をしているのを聞いたことがある。

成績はいいのに、熱意が足らないと言われたらしく、母の言葉を兄はひどくつまらなそうな顔をして聞き流していた。周りの人間はもったいないと思うのだろうが、兄自身は自分が持っているものに、あまり価値を見いだしてはいなかったようだ。

器用で、要領がいいから、どんなことでも人並み以上にできる人だったけれど、かわりに飽きるのも早かった。ある程度まで上達すれば、『もういいや』とばかりに投げ出してしまう。スケートボードもそうだ。数ヶ月もすればやらなくなって、買ってもらったボードも放置していた。愛蔵がやめたのも、兄がやらなくなったからだ。一人で練習していてもつまらなくて、見てくれる人がいないとやる気も起きず、そのうちに熱が冷めてしまった。

中学に入る頃にはお互いに口をきかなくなっていたし、顔を合わせることもほとんどなかったから、それほど知っているわけではないが、兄の成績がものすごく良かったとは耳に入ってこなかったから、適当にこなしていたのだろう。部活に入っていた様子もない。

よくも悪くも、あの人はなににも執着しない。

だから、いらないと思えば、手放してしまえるのだ。

驚くほど、簡単に、あっさりと。それがどんなものであっても——。

そして、一度離れれば、もう二度と顧みることもない。

「ほんと、なに考えてるんだろ……」

そんな呟きがポロッとこぼれる。最近の兄は部屋で浮かれ騒いでいたり、スマホを見ながらニヤニヤしたりしていたりと、なんとも奇々怪々だが終始楽しそうではある。以前のような作り笑いも、あまり見なくなった。それは、たぶんいいことなのだろう。

本当に大切な人ができたのなら、今度はその手を放さないでほしいと願うだけだ――。

頬杖をついて聞いていたYUIが、不意に髪に手を伸ばしてくる。そして、愛蔵の髪をクシャクシャに撫でた。

「わっ！」と驚いて隣を見ると、彼はカウンターに両肘をついたまま笑っていた。

「今度、一緒に板、買いに行くか。始めるんだったら必要だろ？」

愛蔵は即座に、「行きますっ！」と笑顔で答えた。

「それ買ったら、俺が徹底的にしごき倒すっ！　覚悟しろよ～」

「いや、俺……初心者だし。あんまり、厳しくないほうが……」

「すぐ上手くなるって。だって、愛蔵ってさ。できるのに、やろうとしないとこあるじゃん。器用貧乏っていうの？　なーんか、自分じゃできると思ってない感じするんだよねー」

ＹＵＩはカウンターに運ばれてきたラーメンのどんぶりを、自分と愛蔵の前におく。

それは、愛蔵が兄に対して思っていたようなことだ。他人からはそんなふうに見えるのかと、少し驚いてＹＵＩの横顔を見る。自分のことを、器用だと思ったことは一度もない。

「でも……やっぱ乗り越えないと、次にはいけないよな？」

ＹＵＩは愛蔵に割り箸を渡しながらニカッと笑った。

愛蔵は目の前のどんぶりに視線を落とす。

（うっ……やっぱ、辛そう……！）

スープの表面が赤一色で、見ただけで挫折しそうだ。口に入れて大丈夫なレベルのものだろうかと、戦々恐々としながら愛蔵は割り箸を割った。

「ＹＵＩさん……あのさ」

「ん～？」

「……食後に、杏仁豆腐も頼んでいいですか？」

相方と違って普段はあまり甘い物を食べないが、今日は絶対に必要だ。

ＹＵＩは目を丸くして愛蔵を見ると、「あはははは！」と大笑いする。

「いいよ。ただし、そのラーメン完食できたらなー」

「はぁ、うまかった〜〜っ！　激辛ラーメン、サイコーッ！」

会計をして店を出ると、ＹＵＩが満足そうに言う。

「ごちそうさまでした……うっ……くっ！」

愛蔵は口の中だけでなく、胃までヒリヒリしているような気がしてお腹に手をやる。

激辛タンメンの時のように、気を失わなかっただけまだマシだっただろうか。今日の担々麺はなんとか完食できるレベルだった。けれど、すっかり舌がおかしくなっているらしく、最後にＹＵＩが注文してくれた杏仁豆腐の味はまったくわからなくて、口直しにはならなかった。

「ＹＵＩさん、俺、今度は絶対、普通のラーメンがいい」

「ったく、しょうがねーなー。愛蔵はヘタレだから。わかったよ。今度は普通のラーメンに連れていってやる！　マジでうまいやつっ！」

ＹＵＩはクルッと愛蔵のほうを向いて笑った。それから、頭の後ろで手を組みながら夜の道を歩き出す。

「そういえば、お前の相方はー？」

「あー……たぶん、雑誌の撮影の仕事？」

「今度は一緒に連れてこいよな。絶対に！」

「言っておきます。俺との約束も、忘れないでくださいよ」

「んじゃ、後でオフの予定、送っとけよ〜」

ヒラヒラと手を振ると、ＹＵＩはスマホを取り出して電話をかけていた。

「あっ、ＲＩＯ？　俺〜。今日の夕飯って、なに作んの？　……ビーフストロガノフ⁉　ラッキ〜。じゃあ、今から行くから、残しておけよ。さっき、愛蔵とラーメン食ったけど、全然、余裕で入るからさ〜」

楽しそうに話す相手は、ボーカルの相方であるＲＩＯだろう。

ＦＴ４のメンバーはいつも仲がいい。それに比べてと、ついため息がもれる。

（そういえば、撮影はもう終わってるよな……）

腕時計を見れば夜の十時前だ。今頃は家に帰っているだろう。

激辛ラーメンで温まっていた体も冷えてきて、愛蔵は足の向きを変えて歩き出した。

大通りに出て駅に向かっていると、いきなり背後からなにかにタックルされる。

「うわっ！」

驚いて振り返ると、見覚えのある犬が脚にしがみついていた。

「こらっ、ほたるっ!!」

リードを両手で引っ張っているのは、同じく見覚えのある相方だ。変装用の帽子もメガネもいつも相方が使っているものだからすぐにわかる。

犬に引っ張られて急に走ったせいか、息が上がっていた。

「な……………なにやってんの？　お前」

「見ればわかるじゃん。犬の散歩っ！」

LIP×LIPの相方である勇次郎は、飼い犬を引き離そうとしながらなぜか怒ったようにそう答えた。

(そういえば、前も犬の散歩してたよな……)

駅を離れ、静かな土手の散歩道に出ると、愛蔵は階段に腰を下ろす。

途中の自動販売機で買った缶コーヒーを手の中で転がしていると、隣に犬を連れた勇次郎が立つ。

川面に映った月が、風が吹くたびに静かに揺れていた。

「……今日の撮影、どうだったんだ？」

「……べつに……普通に終わったけど」

「そっか……」

ほかに話すことも思いつかなくて、暇つぶしに缶を揺らす。

「……そっちは？　収録だったんでしょ」

「あー……俺はすげー調子よかった」

「ふーん」

「それだけかよ」

苦笑すると、川を眺めていた勇次郎が視線をこちらに戻す。

「ほかに聞いてほしいことがあるの？」

「いや……べつにないけど……お前、いつもこの時間に散歩してんのか？」

「今日は……」

言いかけてやめた勇次郎の顔を、愛蔵は座ったまま見上げた。

「なんだよ……？」

「父さんと光一郎がまた言い合いしてたから……面倒くさくなって出てきた」

「仲よくねーのか？　お前んちの父上と弟」

「……反抗期なんじゃないの？」

勇次郎の髪や服が、風にすこしばかりなびいている。

愛蔵はむせて、口もとに手をやった。笑い事じゃないと思いながらも、相変わらず淡々としている勇次郎の言い方がおかしかったのだ。

「その一言ですますのかよ」

「そんなに話をするわけじゃないから……でも、最近、調子が悪いみたいで……たぶんスランプなんだと思うけど、稽古も休みがちだから、よく父さんとぶつかってる」

　勇次郎の弟の光一郎はまだ中学生だ。歌舞伎役者である父の後継者として選ばれ、幼い頃から舞台に立っていたようだ。舞台に立ちたくても立たせてもらえず、裏方の役割ばかりやっていた勇次郎とは対照的だろう。

　けれど、常に脚光を浴びて注目されていた弟も、それなりに大変で苦労があるのだろう。

「まあ、わかんないでもないけどな……お前んち、厳しそうだし」

しがらみも多そうだ。オーディションに合格して事務所と契約する時、勇次郎も保護者の説得にはずいぶん苦労していた。放任主義だった自分の家とは違う。

「……なに考えてるんだろ。公演も近いのに……」

「自由にやってみたくなったんじゃないか？」

　少し考えてから愛蔵が答えると、勇次郎が意外そうな目をする。

「なんで？」

「なんでって……やっぱ、お前が自由に活動してんのを見て、うらやましくなったとか？」

　愛蔵は「俺にきくなよ」と、眉間に皺を寄せる。

勇次郎の家のことは、自分にはわからないことが多すぎる。ただ、少しだけわかる気がするのは、自分が家の中で弟という立場だからだろうか。

(俺だって、小さい頃は兄貴にくっついてマネばっかりしてたもんな……)

スケートボードもそうだ。兄がすることは、なんでもいいことに思えて、自分もやってみたくなった。兄弟とはそんなものなのだろう。兄は弟にとって、一番身近な目標で、憧れだ。

「お前が、兄貴だからわかんねーんだよ」

そう言うと、勇次郎は「ハァ?」と不可解そうに顔をしかめる。血の繋がりはなくても、兄は兄で、弟は弟、ということだ。

案外、この相方がちゃんと家で兄をやっているようなので、少しだけ安心した。

(まあ、息苦しくなった、ってのもあるんだろうな……)

中学生の頃の自分を思い返してみても、迷ってばかりいたし、苛ついてなにもかもが嫌になっていた。耳に入るすべてが雑音に思えて、そこから抜け出したくて必死に足搔いていた。

(そういえば、前、森田のおっさんに言われたっけ……)

森田さんは行きつけの楽器店の店主で、行き場がなく、街をふらついていた時に出会い、楽器店の使われていない練習室を提供してくれた恩人だ。

家に帰りたくない時は、いつもその練習室でギターを弾いて過ごしていた。そこだけが、あの時の自分が唯一、心を平静に保てる場所だった。

どうにもムシャクシャして、不平不満を漏らしたことがある。その時、森田さんは『そういうお年頃なんだよ』と、愛蔵の頭を撫でながら笑っていた。

嵐のような感情に翻弄されている当人にとっては死活問題で、そんな単純な言葉で納得できるものではない。けれどその嵐がいつの間にか去ってしまうと、いったいなにをあんなに荒れていたのかと、不思議に思えてくる。

(勇次郎は……あんまり、家の人に反抗したことなさそうだしな……)

アイドルになるという決断が、言ってみれば相方にとって人生最大の反抗だったのかもしれない。その理由が、舞台に立たせてもらえなかったからというのが、なんとも相方らしいところだ。けれど、家族からしてみれば、驚きだったことだろう。弟にとっても、それは青天の霹靂とも言えることだったのかもしれない。

とにかく、相方は考えていることも、行動も特殊なのだ。それに比べれば、弟のほうが真正面から父親とぶつかっているだけ、スタンダードな反抗の仕方をしているのだろう。

「ところでさ……勇次郎」

「……なに？」

「さっきから、お前んちの犬が、俺の髪をベタベタにしてるんだけど……」

なんとかしてくれと、若干前屈みの姿勢になりながら訴える。勇次郎の犬が背中にのしかかり、結んだ短い髪をしきりに齧ったり、舐めまわしたりしていた。

「ほたる、そんなの齧ってもおいしくないよ」

勇次郎は犬を見下ろして言ったが、引き離してくれるつもりはないらしい。

愛蔵は片手で頬杖をつきながら、ハァ～とため息を吐いた。

（これは、懐かれてんのか……？）

勇次郎の犬はしがみついたまま、離れようとしない。吠えられないだけマシだが、髪を舐めまわすのはできれば勘弁してもらいたかった。これでもアイドルで、どこで誰が見ているのかわからないのだ。せっかく時間をかけて整えてきた髪が台無しだ。

嬉しそうに尻尾を振っているほたるを見て、勇次郎はクッと笑う。

「仲間だと思ってるんじゃないの？　尻尾がついてるし」

「俺の髪は尻尾じゃねーよ」

愛蔵は「ったく……」と、髪を解いて立ち上がる。

勇次郎が愛蔵の脚に戯れつくほたるを、両腕で抱え上げた。

「明日、事務所で打ち合わせあるからって、マネージャーから連絡入ってたぞ。後でスマホ確かめとけよ」

「ふーん……なんで？　オフだったのに」

「知らねーよ。急な仕事でも入ったんだろ」

このところ仕事続きだったため、明日は珍しく仕事を休みにしてくれていた。けれど、急に呼び出すということは、よっぽど大事な用件なのだろう。

(なんだろうな……)

電話できいてみようかと思ったが、明日事務所に行けばわかることだ。

翌日の昼過ぎ、愛蔵と勇次郎が事務所に行くと、社長とマネージャーが二人そろって会議室で待っていた。ほかのスタッフたちは休みでいないようだ。やけに静かなのはそのためだろう。

椅子に腰掛けると、「実はね！」と社長が嬉しそうにパチンと手を合わせる。

一通り話を聞いた愛蔵と勇次郎は、「「舞台!?」」と驚いて同時に声を上げた。

「そう！　急な話なんだけど……今回の舞台は、二人にとっても大きな挑戦になるし、成功すれば新しい仕事にも繋がるわ」

社長はテーブルに両手をつきながら、笑顔で言う。

「けど……あの……俺、演技とかやったことないんだけど……？」

デビュー前に演技指導を受けたことはあるし、MVの撮影でも王子の役を演じたことはあるが、演劇の舞台に立った経験はない。

そういう仕事がくるのは、もっと先のことのように思っていたから心の準備もできていなかった。

（こんなにいきなり、話ってくるものなのか……？）

内心焦って、隣に座っている相方の顔を見る。勇次郎は家で演技の稽古もしてきただろうし、勉強もしていただろう。以前の演技指導の時も、台詞はすぐに覚えていたし、その演技力に先生も舌を巻いていたほどだ。やれと言われれば、すぐにでもできそうだ。今も驚きはしているが、困りはしていないようだ。

「ええ、そうね。二人に舞台経験がないことは伝えてあるし、承諾ももらっているわ。初めての舞台だから大変だと思うけれど、あなたたちなら絶対にやれると思うの。それに、今回の舞台はミュージカルよ。歌とダンスなら、あなたたちが一番得意としていることじゃない！」

「ミュージカル!?　今回、ミュージカルなんですか!?」

愛蔵は思わず身を乗り出してきいた。舞台経験もないのに、いきなりミュージカルに挑戦するほうが無謀な気がする。

（けど……たしかに歌とダンスなら、いつもやってるし……大丈夫なのか??）

そう言われると、やってやれなくもない、気がするが——。

愛蔵は「いやいやっ！」と、首を横に振った。

（やっぱ、無理だろ！　ライブと違うし、歌って踊りながら演技もするんだよな？　それってやっぱ、すげー難しいんじゃないか!?）

素人同然の自分がいきなり舞台に立っても、笑いものになる予感しかしない。

（勇次郎は……なんとかしそうだけど……）

相方は今も黙って社長の話を聞いている。『うっ、ヤバい……』と、愛蔵は胸を手で押さえた。

（俺だけできないとか、絶対まずいだろ……）

「愛蔵、心配しなくても大丈夫よ。ちゃんと演技の指導も、歌やダンスの指導もしてもらえるわ。たしかに、そう時間は多くはないわね。でも、今回の舞台は、ぜひあなたたちにやってもらいたいの。だって、二人にぴったりな役なんだもの。でも、決めるのはあなたたち」

社長は愛蔵と勇次郎の顔を交互に見る。内田マネージャーが、「台本と楽譜は、渡しておきます」と、二人の前に台本と、ファイルに綴じられている楽譜をおく。

「それを見て、考えてきてほしいの。あまり時間がないから、できればすぐに返事がほしいわ。ちゃんと、二人で話し合うのよー。二人で出演する舞台なんだから！」

二人の後ろにまわった社長は、愛蔵と勇次郎の頭にポンッと手をのせる。当然、二人が受けるものと信じ切っているのか、満面の笑みだった。

二人が事務所を出て向かったのは、大通りから外れた場所にある古い喫茶店だ。今日は休日ということもあり、事務所の近くのファストフード店は混雑しているだろう。あまり目立ちたくはないし、ゆっくり台本を読むには人の少ない店のほうがいい。

窓越しに店の中を覗いてみると、カウンターがあり、四人がけの席と二人がけの席がいくつか並んでいた。お客さんはいないようだ。

ドアを開いて中に入ると、「いらっしゃいませ」と声がした。聞き覚えのある声に驚いてカウンターを見れば、エプロンをつけて立っているのは同じ桜丘高校の先輩である山本幸大だ。新聞部に所属していて、インタビューを受けたこともある。

「山本先輩!?」

「あれ、君たち、今日は仕事？　オフ？」

幸大も驚いたように目を丸くしている。

「僕ら仕事の帰りで……山本先輩、ここでアルバイト……ですか？」

勇次郎が店内を見回してから尋ねた。

「うん、頼まれてね。席、空いてるよ」

幸大はすぐにトレイに水とおしぼりを準備する。どこでも座っていいということなのだろう。愛蔵と勇次郎は一番隅の四人がけの席に行き、バッグをおいて腰を下ろした。たまたま入った店で、学校の先輩に会うとは思わなかった。

（まあ、落ち着けるからいいよな……）

ファンの子と鉢合わせすることもそうないだろう。それにほかにお客さんがいないから、多少は長居もできそうだ。店の居心地も悪くなさそうだし、幸大がアルバイトしているなら、通ってきてもいいなと密かに思う。

幸大がテーブルにグラスとおしぼりをおくと、勇次郎はすでにメニューを見て決めていたらしく、「チョコレートパフェと、ココアください。クリームたっぷりで」と注文していた。

「クリームたっぷりって、そんなのあったかぁ？」

愛蔵はメニューを開いてみる。もちろん、クリームたっぷり、なんてことはどこにも書いていない。幸大がボールペンを持つ手を口もとにやって、「フフッ」と笑った。

「後輩がせっかくきてくれたんだ。それくらいサービスするよ。柴崎君は？」

「あっ、俺は……ホットコーヒーでいいです。ミルクと砂糖はなしで」

注文すると、幸大はオーダーをメモ用紙に書き込んで、「少々、お待ちください」とカウンターに戻っていった。店主らしき人はいないから、すっかり店を任されているのだろう。手際よくカップを用意し、グラスにチョコレートパフェを盛りつけていた。

（いつから、バイトしてんだろ……）

ぼんやり眺めている場合じゃなかったと、愛蔵は台本と楽譜をバッグから取り出して、テーブルにおく。向かいに座った勇次郎も脚を組んで台本をめくっていた。

最初にあらすじと登場人物が書かれている。簡単に言えば、とある街を訪れた二人の若者が、ドラゴンを退治し、その国のお姫様を救うという物語だ。

二人の演じるキャラクター像もはっきりとしているし、掛け合いのテンポがいい。

社長が自分たちにはぴったりの役だと言った理由も、読んでみるとわかる気がした。ケンカしながらも協力し合っている姿が、自分たちに重なって見えて感情移入しやすい。

（これ……おもしれーな……）

やってみたいという気にさせる台本だ。ページをめくっていると、「お待たせしました」と幸大がトレイを手にのせてやってきた。愛蔵の前にコーヒーのカップをおき、勇次郎の前にはクリームたっぷりのココアと、チョコレートパフェのグラスを並べた。

勇次郎はペンを持つ手を顎に添えたまま、ジッと台本を読みふけっている。集中しているのか、注文していたパフェがきたことにも気づいていないようだ。

幸大は邪魔(じゃま)をしないようにと思ったのか、「ごゆっくり」とだけ言い残してカウンターに戻っていく。二人が読んでいるのが台本だとわかっていただろうが、余計なこともきいてこない。

愛蔵はカップに手を伸(の)ばして、コーヒーを一口飲む。

(うま……っ。これはやっぱ、通ってこないとな……)

そう思いながら、コーヒーをすする。聞こえてくるのは、たまに表を通る車の走行音と、幸大が食器を洗っている音、そして壁(かべ)にかけられた時計の秒針の音だけだ。テーブルにおかれたチョコレートパフェのクリームが溶(と)けて、グラスの表面をゆっくりと伝う。

台本を読み終わる頃(ころ)には、すっかりやりたいという気持ちが大きくなっていた。これも、社長の思惑(おもわく)通りなのだろう。愛蔵は台本を閉じて相方を見る。勇次郎は先に台本を読み終え、チョコレートパフェのアイスを頰張(ほおば)っていた。それも、かなり溶けてしまっているようだ。

「……どうする？」

「そっちは？」

「やりたい……けど、やれるかどうかはわかんねー……お前は、やるよな？」

勇次郎が手を止めて視線をこちらに向ける。その瞳を見れば、すっかりやる気になっているのがわかる。

「できないと思わないから」

迷いのない言葉が返ってきて、「そうだろうな」と愛蔵は呟いた。演技のできる勇次郎にとっては、躊躇する理由がない。これは自分たちにとって、またとないチャンスだ。それはわかっているが、一度やると言ってしまえば、もう後には引けなくなる。

仕事として受ける以上、責任が伴うのは当然だ。できないのに引き受ければ、社長だけでなく関係者全員に迷惑をかける。

台本を握りしめたまま黙っていると、勇次郎が楽譜のファイルに手を伸ばした。

「なに珍しく臆病になってるの？」

頬杖をつきながら、からかうように笑う。その言い方にムッとして、眉間に皺を寄せた。

「そういうことじゃなくて、責任の問題だろ。やりたいから、やりますなんて簡単に言えるかよ……」

「なんで？　今までだって、やりたいからやってきたんじゃないの？　アイドルだって……経験があったわけじゃない」

歌の収録も、アルバム制作も、写真撮影も、テレビの仕事も、ラジオも、そしてライブも、すべてが初めてだった。自信も経験も一つもなかった。それでも、一つ一つ積み上げながら、ここまでなんとかやってきた。

失敗がなかったわけではない。もっと上手くできたはずなのにと思うことは山ほどある。けれど、いつだって全力は尽くしてきたし、いつだってやり遂げてきた。前に進むために、このハードルは越えなければいけない。それはわかっている。けれど——。

愛蔵は前髪を片手でかきあげて、観念したようにため息を吐く。

「わかった、白状する。今回だけは自信がないんだよ！　演技指導の時のこと、お前だって覚えてるだろ……俺は笑いものだったんだよ！　ど下手くそで、ダイコンだったのが自分でもわかってるから、いつもみたいに自信満々にYESって言えないんだ！」

ふてくされされた顔で、「これでいいだろ」と横を向く。

「べつに演じなくてもいいと思うけど」

「えっ……なんでだよ？」

「だって、これ……いつもの愛蔵、そのまんまじゃん」

勇次郎は台本を手に持ちながら、肩を揺らして笑う。絶対に褒められてはいないだろう。

「どこがだよ？」

「抜けてるところ？　あと、単純で考えなしなとことか？」

「そっちこそ、お前のまんまだろ。口が悪いところとか、かわいくねーとことか、ツイストパンみたいで全然素直じゃねーとことか！」

「ハァ？　誰がツイストパン⁉　もう一回言ってみなよっ！」

「やっぱ、やんねーっ！　お前と一緒に仲良くミュージカルなんかできるかよ！」

「それはこっちの台詞だからっ‼　自信がないなら、隅っこに引っ込んでメソメソ一人で泣いてれば⁉」

すっかり頭にきて、二人とも気づくと立ち上がっていた。テーブルに身を乗り出すようにして、つかみ合いの喧嘩を始める。

膝が当たってテーブルが揺れ、食器がガシャッと音を立てた。

チョコレートパフェのグラスが今にも倒れそうになっている。

「はい。二人とも、そこまでー」

カウンターから出てきた幸大が、二人の服の襟をつかんでグイッと引き離す。

「ケンカなら、店の外でやってね」

ニコッと笑う幸大に、愛蔵も勇次郎も手を引っ込める。そうだった。ここは喫茶店だ。

二人ともばつの悪い顔で、「「すみませんでした」」と大人しく謝った。


事務所に戻った二人は、すぐに社長室に向かう。返事は早めにほしいと言われていたからだ。不機嫌な顔で二人が部屋に入ると、内田マネージャーが目を丸くする。

「あなたたち、またケンカしたの⁉」

髪がボサボサでシャツも皺になっているから、すぐにわかったのだろう。「もーっ、いつになったら仲良くできるの……」と、悩みの種だとばかりに額に手をやっていた。

愛蔵と勇次郎は睨み合ってから、フンッと別々の方向を向く。

社長は、「しょうがない子たちね」と困ったように笑って、「どうするかは、決まったの？」と二人を見る。


「「当然‼　やりますっ！！！！」」


愛蔵は相方にキッと鋭い視線を投げる。勇次郎も思いっきり顔をしかめていた。

「マネすんな！」

「そっちこそ、やらないって言ったくせに、なにブレてんの？　初志貫徹しなよ！」

「お前だけにいいかっこうさせられるかよ！」

突き飛ばし合っていると、駆け寄ってきた社長に二人まとめてギューッと抱きしめられた。二人の口から、「「うぐっ！」」と潰れたような声がもれる。

「そう言ってくれると信じてたわ――っ‼　やっぱり、二人とも私が見込んだ通り！　もう、絶対、成功させるわよ――――っ‼」

「社長っ、私、すぐに連絡をしてきますね！　あと、仕事のスケジュールも調整しないと〜〜〜っ!!」

内田マネージャーはメガネをクイッと指で押し上げる。社長もマネージャーもやる気満々のようだ。愛蔵と勇次郎は社長の腕の中で、お互いげんなりした顔になっていた。

(俺ら、いつまでこれ、続けてるんだろうな)

ＦＴ４のメンバーはいつ会っても、和気藹々としていて楽しそうだ。デビュー前に世話になったことのあるダンスボーカルユニットの、宗田深冬と、井吹一馬の二人も相性バッチリといった感じで相方と息の合ったところを見せていた。こんなにケンカばかりのユニットは、自分たちくらいなものだろう。

デビューから一年経つのだし、それなりに成長もしているはずだ。

この不毛な言い合いも、そろそろ終わりにしたいと思っているのに。

「……ちょっ、くっつかないでくれる？　不愉快なんだけどっ！」

「社長に言えよ……って！　痛てーな。足踏むなっ！」

うまくいかないのは、なぜなのだろうか――。

暗い路地の真ん中で向き合った二人の帽子とケープが、雨に濡れて重くなる。

お互い目的は同じ。探しているのは、あの願いを叶えてくれるという伝説の石だ。

「お前は俺の知らないことを知っているのか？」

「……もし、仮にそうだとしたら？」

勇次郎はその目に警戒の色を浮かべて問い返す。

「教えてほしい。ただでとは言わない。相応の礼はする」

「そう言われて、馬鹿正直に話すわけがないだろう。まして、目的が同じだとわかっている相手に……僕が嘘を教えるとは考えないのか？」

「そうかもな。全部は信用しねえよ。お前が何者なのかも、今はわからないし……けど、目的が同じなら、協力し合うほうが手っ取り早いだろ？　それに……もし、お前が宝石の場所を知っているのだとしたら、街できいてまわったりはしない。ということは、お前もまだ、それほど知らないってことだ」

彼はニッと笑って、「違うか？」ときく。

（協力し合うほうが、合理的……か）

かといって、素直に話に乗るのは面白くない。どう返事をしたものかと思案していると、不意に夜の静寂を裂くような悲鳴が聞こえた。

顔を見合わせてから、二人とも声の方向に駆け出す。

「た、助けてくれ――――っ!!」

叫びながら必死に逃げてくるのは、先ほど通りの隅で寝ていた酔っ払いの男だ。振り返った拍子に足がもつれたらしく、ドサッと路地に倒れている。

その男に群がってくるものを見て、勇次郎は息を呑んだ。

炎のような赤い色をした大きな瞳が、夜の闇の中でいくつも不気味な輝きを放っていた。

それほど大きな魔物ではない。

人の半分ほどの大きさだろうか。体は青く透き通っていた。

(こんな街中に……!)

山野ならともかく、城壁に囲まれている街の中に魔物が現れることはほとんどない。たまに出没しても、一体か、多くても二体ほどだ。魔物の集団が出没するなんて話は聞いていない。

この街に来た時から、人々の様子はおかしかった。みな、日が落ちる頃には家に戻り、通りを歩く人の姿もほとんど見なかった。暗くなっても灯りをつけないのは普通ではないだろう。

酔っ払いの男は、取り囲んだ魔物に引きずられて、今にも気を失いそうな叫び声を上げている。恐怖で青ざめ、その顔が歪んでいた。

勇次郎は肩に担いでいた弓に手をかける。その手が躊躇したのは、魔物の数が多すぎるためだ。一体やったところできりがない。

どうすると逡巡しているあいだに飛び出したのは、隣にいた彼のほうだ。

走り出した時には、すでに腰のレイピアを鞘から抜いている。

驚いて、「えっ、おい！」と引き留めるように声を上げた。

「援護、頼む‼」

「ハァ⁉」

魔物の群れに突っ込んでいくなど、あまりにも無謀だ。

酔っ払いの男に襲いかかる魔物の鋭い爪を、細いレイピアで弾き返す。振り向きざま、背後から飛びかかろうとしたもう一体の魔物の瞳を貫いていた。

出会ったばかりの相手など普通なら信用しないだろう。それなのに、彼は当たり前のように援護を頼んでいった。こちらが無視して逃げ出すとは、思わなかったのだろうか。

しかも、酔っ払いの男は魔物の注意が自分から逸れると、「ひいいいっ‼」と掠れた声を絞り出し、這いつくばるように逃げ出していた。

助けた酔っ払いの男に置き去りにされた彼は、ジリジリと詰め寄ってくる魔物に囲まれて逃げ場を失っている。

人助けをしたところで、感謝などされない。自分が損をするだけだというのに。

（本当に……呆れる）

苛ついてため息をもらし、勇次郎は弓をくるんでいた布をスルリと取る。

「こういう、お人好しの考えなしは嫌いなんだ……っ‼」

吐き捨てるように言うと、弓に矢をつがえて狙いを定める。放ったその矢は、彼の帽子をかすめるようにして、襲いかかった魔物の赤い瞳に命中した。

耳障りな悲鳴とともに魔物の体が粉々に砕け散り、霧と化したその破片は風に流されて消えてしまった。

「あっぶね‼」

ほかのもう一体を突き刺して片付けた彼は、群がってくる魔物を飛び越えて引き返してくる。さすがに、すべての魔物を相手にするつもりはないらしい。

この場に留まって奮闘する理由もない。魔物の群れをゾロゾロ引き連れながら、こちらに一目散に駆けてくる彼を見て、勇次郎は弓をつかんで、すぐさま体の向きを変えた。

あっという間に追いついてきた彼が隣に並ぶ。

「さっきの矢、どこを狙ったんだよ！　当たるところだっただろ！」

「助けてもらって、その言い草はないんじゃないの？」

「へったくそ！」

「もう、絶対、お前の援護なんかしない‼」

「こっちだって、もう二度と頼まねーよっ！」

言い合いをしながら通りを曲がると、その先に水路が見えてくる。

石橋を真ん中まで渡ったところで足が止まったのは、魔物の群れがその先の通りにもいたからだ。赤い瞳がいっせいに二人のほうを向く。

彼は「万事休す」と、げんなりしたように呟いた。

「そっちのせいだから！」

腹立ち紛れに吐き捨てると、「ああ、そうかよ」と投げやりな言葉が返された。石橋の前方と後方から、魔物が続々とにじり寄ってくる。欄干の際まで下がると、急にケープの襟をつかまれた。「えっ？」と思った時には、欄干の上に引っ張り上げられていた。

「行くぞ、せーのっ！」

「はあぁぁぁ⁉」

勢いをつけて欄干を蹴った彼と一緒に、勇次郎の体も一瞬宙に浮く。

そのまま、怒りの声とともに水路に落下した。

「サイアク……っ！」

勇次郎は濡れた髪を布で拭いながら、げんなりした顔を隠そうともせず呟いた。

寝台に腰掛けてガシガシと髪を拭いていた〝愛蔵〟が、ムッとしたように唇を曲げて睨んでくる。

「助かったんだからよかっただろ！」

「は？　どこが？　全然よくない。最初から、さっさと逃げていればよかったのに」

しかも、水路に飛び込んでからわかったことだが、彼は泳げないらしい。

浅かったからまだよかったものの、そうでなかったらどうするつもりだったのか。

男を助けるために魔物の群れに突撃していった時といい、考えなしにもほどがある。よく今まで、無事でいられたものだ。

「あのおっさん、放っとくわけにはいかなかったんだから、しょうがないだろ」

「しょうがなくない。関係ないし、先に逃げられていたくせに！」

「うっせーな。おかげで、泊まるところが見つかったんだから、いいじゃねえか」

「なんで一緒の部屋？　しかも、ボロい宿だし……」

勇次郎は埃まみれのテーブルに目をやる。二人がいるのは、小さな宿の一室だ。水路からようやく上がって水浸しで歩いていると、あの酔っ払いの男が血相を変えて駆けつけてきた。魔物に襲われたことで、その酔いもすっかりさめたのだろう。恐れをなして逃げ出したが、置き去りにした二人のことが心配になり、捜していたのだという。男は宿の主人で、二人が泊まる場所がないとわかると、「お代はいらないから、うちに泊まってください！」と熱心に勧めてくれた。お詫びと助けてくれた礼だという。

ちょうど、二人とも泊まる場所に困っていたところだ。ほかの宿は店を閉めていて、廃屋になっているところが多い。

男の話では、かつてはこの街の宿場も人で賑わっていたが、魔物が出没するようになってからは、訪れる商人や旅人もいなくなり、すっかり廃れてしまったようだ。

男も仕事がなくなり、宿も廃業同然で自暴自棄になり、魔物が出るからと家族が止めるのもきかず、度々、酒を飲みに出歩いていたようだ。

親切にも泊めてくれたのはありがたいが、ほかの部屋は雨漏りのために使えず、唯一使えるこの部屋を二人で共有しなければならない。それが一番気に入らなかった。これでは、ゆっくりくつろぐこともできない。

「魔物と一緒に、野宿するよりマシだろ。不満が多すぎなんだよ。贅沢なやつだな！」

イライラした口調で言われて、勇次郎の眉間にますます皺が寄った。

「隣の部屋、空いてるんだからそっちに泊まりなよ。風呂つきだよ？」

「風呂じゃなくて、雨漏りの滴を受ける盥だろ。お前がそっちを使えよ」

ドアがノックされ、愛蔵は言い合いを中断して寝台から腰を上げた。

彼がドアを開くと、「ひやぁ！」と驚く声がする。びくつくように立っているのは、髪を三つ編みにした小柄な少女だ。年齢は十四、五歳というところだろう。

「お父さんに言われて、食事を持ってきました！」

怯えているのか、少しだけ声が上ずっている。

彼女が差し出したトレイには、パンとスープの器が二人分のっていた。

「ちょうど、腹減ってたんだよな。助かるよ」

愛蔵は「ありがとう」と、お礼を言ってトレイを受け取る。その人なつっこい笑みのおかげで緊張が解けたのか、彼女はホッとした表情になっていた。

「父を助けてくださって、本当にありがとうございました」

「ああ、いいって。成り行きだし。だけど、夜に出歩くのは危ねーと思うよ」

「父にはしっかり言い聞かせておきます。本人も懲りたと思いますし」

「毎晩、あんな風に魔物がうろついてんのか？　それって、困るよな」

「ええ……前の王様の時には、衛兵や護衛団が魔物を度々退治をしてくれていたんです。そのおかげで、街中に現れるようなことはなかったんですけど、王女様はすっかりお城にこもってしまわれていて……」

「それって、なにもしてくれなくなったってことか？」

愛蔵がきくと、少女は視線を下げて小さく頷いた。

街の人たちもお城に窮状を訴えているが、聞き入れてはもらえないのだと、彼女は顔を曇らせる。年々魔物の害はひどくなり、職人や商人たちの大半は、この街を見捨てて出て行ってしまったらしい。

街道にも頻繁に魔物が出没して荷馬車が襲われるため、食料などの物資もなかなか入らなくなったのだろう。市場が閑散としていたのもそのためだ。

勇次郎が愛蔵の横から顔を出すと、少女はびっくりしたように半歩後ろに下がった。

「その無能な王女様とやらに、誰もなにも言えないってこと？」

小国とはいえ、政務に携わる大臣や貴族はいるだろう。

「王女様は無能な方ではありません！　聡明で心優しく、国民のことを一番に考えてくださる方でした」

ムキになったように言う少女の頬がわずかに紅潮する。

「ふーん……で、その聡明で心優しい王女様は、なんで国民が街を捨てて逃げ出すほど魔物の害に悩まされているのに、なにもしてくれないわけ？」

「それは……っ！」

彼女は言葉を詰まらせ、落ち込んだように下を向いてしまった。

「……わかりません……でも、王女様が変わってしまわれたのは、父君の国王陛下がお亡くなりになってからなのです……」

彼女は「ごめんなさい」と小さな声で言い、頭を下げてパタパタと廊下を引き返す。この街の住人は王女のことになると、途端に貝のように口をつぐんでしまう。

勇次郎が訝しむようにその姿を見送っていると、愛蔵がパタンとドアを閉めた。

「少しは言い方ってものを考えろよ」

軽く睨んでくる彼を無視してテーブルに引き返す。隙間風が入り込んで、窓がカタカタと鳴っていた。

椅子を出してドカッと腰を下ろすと、愛蔵もやってきて、二人分のスープとパンがのっているトレイをテーブルにおく。

「事実じゃないか。なにも間違ってない」

勇次郎は椅子の背もたれに片肘をかけ、つまらなそうな顔をしてそう答えた。

言い方を変えてみたところで、街の現状がよくなるわけでもない。

「都合よく、どこかの誰かがなんとかしてくれるわけでもないのに……」

嘆くばかり、誰かに窮状を訴えるばかりでは、なに一つ変わらない。

変えたいと思うなら、自らが行動を起こす以外にない。

「誰も<ruby>勇敢<rt>ゆうかん</rt></ruby>ってわけじゃないんだよ……どうすることもできないことだってあるんだ」

愛蔵は椅子に座ると、スープをすくって飲む。野菜の切れっ<ruby>端<rt>ぱし</rt></ruby>と干し肉が少し入っているだけの、見るからに味の<ruby>薄<rt>うす</rt></ruby>そうなスープだ。けれど、このスープですら、この街の人からすれば、<ruby>精一杯<rt>せいいっぱい</rt></ruby>のもてなしなのだろう。

(まあ、よそ者には関係ないことだけど……)

この街のことを考えるのは、この街の住人の役目だ。彼の言うように、誰もが勇敢なわけではない。〝どうにもできない〟と、<ruby>諦<rt>あきら</rt></ruby>めてしまうことも<ruby>選択肢<rt>せんたくし</rt></ruby>の一つではあるのだろう。

自分たちはただ一時、この街に<ruby>滞在<rt>たいざい</rt></ruby>しているだけの旅人だ。求めているものが手に入りさえすればいい。用がなくなれば、またどこかに旅立ち、この街を再び訪れることもない。

パンを一口かじった勇次郎は、「かたっ……」と顔をしかめる。

「<ruby>黙<rt>だま</rt></ruby>って食えよ……せっかく、用意してくれたんだ」

口うるさいやつだと、勇次郎は食べる気の<ruby>失<rt>う</rt></ruby>せたパンを皿に<ruby>戻<rt>もど</rt></ruby>して<ruby>頬杖<rt>ほおづえ</rt></ruby>をついた。向かいに座った彼は、<ruby>悪戦苦闘<rt>あくせんくとう</rt></ruby>しながらも石のように<ruby>硬<rt>かた</rt></ruby>いパンと、ほとんど味のしないスープを平らげている。残しては悪いと、あの女の子に気を<ruby>遣<rt>つか</rt></ruby>ったのだろう。

「……お<ruby>人好<rt>ひとよ</rt></ruby>し」

「なにがだよ?」

スプーンを器に戻して、彼が眉間に皺を寄せてきき返してくる。

「べつに……ただ、そういうのは、ほどほどにしておかないと、いつかひどい目に遭って後悔することになるんじゃないかと思って」

要領よく楽に生きようとする人間は多い。大半がそうだと言ってもいいだろう。自分もどちらかというと、そうした類いの人間だ。

善人ではない。他人のために、なんて高尚な考えははなから持ち合わせていない。

「放っとけよ……それに、べつに……俺はお人好しってわけでもない」

「じゃあ、バカ正直？」

勇次郎がからかうようにきくと、愛蔵はますますしかめっ面になっていた。

「お前は余計な一言が多すぎんだよ！」

（それはそうかもね……）

思わず小さく笑ってから、テーブルの上の燭台に目をやる。見つめる瞳の中で、ロウソクの灯火が揺らいだ。

たしかに今のは、余計なお節介だっただろう。しょせんは他人事なのに。

利己的な人間にとっては、彼のような相手は好都合に見える。だから、利用されることも多いだろう。それは、生きづらいのではないかと、少しばかり危うく感じただけだ。

正式に舞台をやることが決まり、関係者や共演者との顔合わせが終わると翌週にはすぐに読み合わせが始まった。長机と椅子が並んだ広い会議室に、演者全員と大城戸三夫という演出家の先生が座っていた。

愛蔵は席について台本とペンケースを準備してから、さりげなく周りを見る。

役者たちはみんな無言で、台本に目を通していた。

(大城戸先生って、かなり有名な演出家なんだな……)

舞台のことはあまり詳しくなかったため、その名前を知らなかった。大城戸三夫が演出を手がけた舞台が配信されていたので観てみたが、たしかに最初から最後までのめり込んで見てしまうほどすごい演出だった。

正面の机に座っている大城戸先生は、五十代の男性で、ジャケットを羽織っている。見るからに気難しそうな雰囲気の人で、手に持っている扇子を落ち着かないように少し開いてはすぐにパチンと閉じていた。

隣に座っているのは、ダンスと歌指導の池崎杏里先生だ。彼女は三十代前半で、同じく横に座っている脚本家の女性と楽しそうに談笑している。

時間になり、全員がそろったところで、読み合わせが始まった。

ほかの役者たちは、椅子に座ったままテンポよく台詞を読んでいく。

隣に座った勇次郎などは台本を開いてはいるがほとんど見ていない。もうすでに、台詞が頭に入っているのだろう。

（これって……ヤバいんじゃないのか……⁉）

台本に書かれている台詞を目で追いながら、愛蔵は内心焦っていた。ペンを持つ手が汗ばんでくる。勇次郎もほかの役者たちも、すでに役を作ってきているのに、自分だけほぼ、台詞を読んでいるだけだ。

（聞いてないんだけど………⁉）

台本をもらってから、まだ一週間ほどだ。今日は台詞を読むだけだったはずだ。そう聞いていたから、台本に何度か目を通して、自分の台詞に線を引いたくらいだ。当然、役作りなんてできていない。そのやり方すら知らないし、教えてもらってもいない。

聞いていた話と全然違う。愛蔵は台本に視線を落としたまま、自分のすっかり乾いている唇に手をやった。そんな愛蔵に、隣に座っている勇次郎がチラッと視線を向ける。けれど、なにも言ってこない。

（まずい……俺だけ、全然できてない………）

台詞を読む声が、自信喪失して小さくなる。途中から台詞を追えなくなって、みんながどこを読んでいるのかもわからなくなっていた。

急に声が途切れ、会議室が静まり返る。

愛蔵が頭が真っ白になったまま手元の台本を見つめていると、軽く脚を蹴っ飛ばされた。勇次郎はペンを持ったまま、すました表情で前を見ている。

「痛って……なに……?」

思わず声をもらしてから、ハッとして台本に目をやった。

(ヤバっ、俺の番…………っ!!)

みんながこちらを見ているのはそのためだ。

愛蔵は焦ってページをめくってから、「あの……どこまで進んだのかわからなくなりました」と、正直に白状した。役者たちがクスクスと笑い出し、緩んだ空気につられて、愛蔵もついヘラッと笑いかけた。

「もう、いいっ!!」

怒鳴るような声が会議室に響き、笑い声が一瞬で消える。愛蔵もビクッとして前を見た。大城戸先生が見るからに苛ついた様子で腕を組み、こちらを睨んでいる。

「高校生アイドルだかなんだか知らないが、こんなド素人しかいないのか!? 台詞は覚えてこない、おまけに棒読み。文化祭の出し物やってるんじゃないんだぞ!!」

怒声が会議室に響く中、他の人たちは強ばった顔で沈黙している。

とてもなにかを言えるような雰囲気ではない。飲み物を運んできたスタッフの青年も、トレイを持ったまま入り口でかたまっていた。

「お遊び気分でやってきて、ヘラヘラ笑って、どこまで進んだのかわからなくなりました？　お前の役は、突っ立ってるだけのモブか！　違うだろ。主演だぞ、主演‼」

大城戸先生は台本を手で叩きながら、さらに声を張り上げる。

「ろくな仕事もできないくせに、ちやほやされていい気になってんだろ。できもしないくせに、よく役を引き受けられたな。俺の舞台を舐めているのか！」

「……………すみませんでした…………っ」

愛蔵はすぐに席を立ち、深く頭を下げる。けれど喉につっかえてしまい、小さな声しか出せなかった。

「そんな声で、客席に台詞が届くのか⁉」

「すみませんでした…………っ！！！」

愛蔵は大きな声で繰り返し、頭を下げたままギュッと目を瞑った。

「おいっ、誰かこいつよりマシな役者連れてこいっ！　こんな役立たず、俺の舞台に立たせられるか！」

(そこまで……言われなきゃ、ならないのか……っ！)

下を向いたまま、台本のページをクシャッとつかむ。

役作りができていなかったのも、台詞をまだ覚えていなかったのも自分の責任だ。けれど、今日は稽古初日だから、台本を読み合うだけだと聞いていた。それに、演技の経験がないことは選考の段階で伝えてあったはずだ。その上で、指導してもらえるという話ではなかったのか。内田マネージャーもそう言っていたのに——。

（全然、話が違うだろ……っ！）

けれど、勇次郎やほかの役者たちはちゃんと役作りをしてきていた。言われなくても、やらなくてはいけないことをわかっていた。自分の認識が甘かったと言うしかない。

下唇を強く噛んで黙っていると、不意にバンッという音が響く。

弾かれたように顔を上げた愛蔵は、立ち上がった相方を見て驚いた。

（えっ、勇次郎…………⁇）

愛蔵だけではなく、ほかの役者たちも唖然としたように勇次郎を見ている。

キレているのは一目でわかる。目が完全に据わっているからだ。本気で怒った時の勇次郎は、息を呑むほど迫力がある。眼力が違う、とでも言うのだろうか。大声で怒鳴り続けていた大城戸先生すら、気圧されたように一瞬沈黙していた。

「今日、台本を全部覚えてこいなんて指示は受けていません。覚えてない人はほかにもいましたよね？　役作りができていないのも、愛蔵に限ったことではないと思います」

いつもより声のトーンが低い。愛蔵は「おい……」と、その服の袖を引っ張ったが、勇

次郎はその手を邪魔とばかりに払い除けた。

「そもそも、僕らに舞台経験がないことは先に伝えてあったはずです。それを承知で、抜擢したんですよね。演技力不足は、稽古でどうにでもなるでしょう。それを指導するのも、演出で僕らをいかしていくのも、先生の仕事ではないのですか？」

「誰に偉そうな口をきいてるんだ、お前はっ！」

顔を真っ赤にした大城戸先生が、ドンッと拳を机に叩きつける。

勇次郎は「あなたです」と、臆する様子もなく言い返した。

「LIP×LIPとか言ったな。二人してどうなってるんだっ！　こっちはド素人で、もう一人は生意気な礼儀知らず！」

「あなたは、さっきから怒鳴りつけてるだけではないですか。名ばかりの演出家ではないのなら、もう少しマシな指導をしてください」

「お前……っ!!　もう一回言ってみろっ!!」

大城戸先生は勢いよく立ち上がり、周りが唖然とするような剣幕で声を張り上げる。

（ヤバい………っ!!）

これ以上怒らせれば、大きな問題になる。愛蔵は焦って口を開いた。

「準備不足だった俺が悪いんです。次は絶対にやってくるので……っ！」

「お前ら二人とも出ていけ！　もう、来なくていい！」

喚くように言って、大城戸先生は握っていた扇子を机に叩きつけた。

「お前らみたいなのを、俺の舞台で使えるかっ!!」

大城戸先生と睨み合っていた勇次郎は、話にならないとばかりに足もとにおいていた自分のリュックを取る。

「失礼します」

「お……い…………ちょっ！」

さっさと部屋を出て行こうとする相方を、愛蔵は急いで追いかけた。

廊下に出るとほかには誰もいなくて、静まり返っている。蛍光灯は灯っているが、窓がないため薄暗かった。

勇次郎の歩調はいつもより速い。小走りで追いついた愛蔵は、「待てよっ！」とその腕をつかむ。ようやく立ち止まっても、勇次郎はこちらを向こうとしなかった。我慢ならないというように眉間に皺を寄せて横を向いている。

愛蔵は微かにため息を吐いて、勇次郎から手を離した。

「………ごめん、悪かった………」

声を抑えて言うと、勇次郎がようやく顔をこちらに向ける。けれど目線は合わそうとしなかった。

「……なんで、謝るの？」

「俺がちゃんとやってきていたら、あんなふうに先生を怒らせなかっただろうし……俺のせいで、お前にも嫌な思いさせたと思うから」

「悪いのはあっちでしょ。言われる筋合いないことを、なんで我慢しないといけないの？」

「そうだけど……怒らせたって、しょうがないだろ。社長にだって、迷惑かけるんだから」

「……そう思うなら、自分だけあの人に謝ってきなよ……僕は行かない」

勇次郎はきっぱり言うと、通用口に向かって歩いていく。「勇次郎！」と、愛蔵が呼ぶ声は届いているはずなのに、振り返ろうとはしなかった。

「ったく……どうするんだよ……」

愛蔵は額に手をやり、ため息まじりに呟く。こうなってしまったからには、事務所に戻って社長とマネージャーに報告するしかないのだろう。それを考えると、気が重かった。

内田マネージャーに電話をかけて簡単に経緯を説明すると、すぐに車で迎えに来てくれた。歩いて帰ろうとしていた勇次郎を途中で拾い、一緒に事務所に戻る。

社長室に呼ばれた愛蔵は、再度事情を話した。こうなった責任は自分にあるのだから、その役目は自分が果たさなければならないものだ。

「すみませんでした……」

社長に頭を下げると、社長は困ったように頬に手をやった。

「あなたのせいではないわよ、愛蔵。もともと、ちょっと問題のある案件だったのよね……こうなる予感はしていたのよ。だから、悪いことをしたわ」

「……それ、どういうことですか？」

愛蔵は顔を上げて社長を見る。「とりあえず、座って話しましょう」と言われて、二人はソファに移動して腰を下ろした。

内田マネージャーがカップをテーブルにおく。愛蔵と社長はコーヒーで、勇次郎にはココアだ。それを飲んで少し落ち着いてから、「実はね」と社長が話し始める。

「今回の舞台、主演の二人だけ適役がいなくて、ずっと決まらなかったのよ……」

コーヒーのカップを口に運ぼうとしていた愛蔵は、「えっ」と声をもらした。

社長は頭が痛いとばかりに、額に指を添えている。

「大城戸先生はあの通りかなり厳しい人だから、オーディションでも先生のイメージに合う俳優の方が見つからなかったみたいなのよね。それに、今回はミュージカルだから、歌とダンスの経験も必要になるわ。それで、急遽、うちに話がきたというわけなのよ。そのことは、事前に話しておくべきだったと思うわ……」

社長は「本当に、ごめんなさい」と、二人に頭を下げる。

（なんだ、そういうことか……）

話が急だなとは思っていたのだ。大城戸先生はこだわりが強いため、条件を満たせる俳優がそう簡単に見つかるはずがない。それに、大城戸先生はあの通り厳しくて、気難しい性格だから、その指導についていける人も多くはないのだろう。

大城戸先生の態度は、傍若無人と言ってもいい。あのまま言われ続けていたら、自分も我慢できなくなっていた。そうならなかったのは、短気な相方が先にキレてしまったからだ。勇次郎は理不尽なことを許せない性格だから、目に余ったのだろう。今も不機嫌な顔をして、社長の話を聞いている。

「ダンスと歌ができるなら、舞台経験がなくてもいい。こちらで指導するからという話だったから二人を推薦したのよね……かなり大変なことはわかっていたんだけど、この役はあなたたちにしかできないと思ったんですもの」

「……じゃあ、もしかして、今日が初めての読み合わせじゃなかったんですか？」

愛蔵はふと気づいて尋ねた。主演の二人以外は、オーディションの段階で決まっていただろう。

「そうでしょうね。何度かやっていると思うわ。あなたたちは今回が初めてだったけど」

ほかの共演者はもっと早く台本をもらっていて、十分に読み込む時間も、役作りをする時間もあったのだ。ほかの役者同様に台本を覚えて、役作りもできているこの相方が、普通ではなかっただけだ。

「先生も肝心の主演がなかなか決まらなかったから、相当焦っていらっしゃったんじゃないかしら。あなたたちのせいってわけじゃないから、気にしなくてもいいわ。だって、ちゃんと事前に確認したし、承諾ももらっているんですもの」

（それってつまり……俺が怒られたのは、ただのとばっちりってことか⁉）

だとしたら、自分が悪かったかもなんて、これっぽっちも思う必要はなかったということだ。愛蔵は前屈みになり、額に手をやる。「う～」と、呻くような声が口からもれた。

そんな事情があるとわかっていたら、もっと言い返してやったのに。黙って我慢などしなかった。

勇次郎はそんなことは最初からわかっていたと言うように、仏頂面で黙っている。

（今度、こんなことがあったら、俺は勇次郎より先にキレてやるっ！　絶対にだ！）

電気ケトルなみにすぐ沸騰する相方と違い、よくよく頭で考えているあいだに怒りが収まってしまうか、タイミングを逃してしまうのだ。

「社長、この仕事はやっぱりやめましょうよ。こちらには少しも落ち度はないんですから。謝る必要なんてありませんよ！　舐められて、黙っていられるものですか。うちの子たちを恫喝するなんて……許さないっ！　戦うっていうなら、受けて立ちますとも！」

内田マネージャーの背後に、メラメラと燃える怒りの炎が見える気がする。

愛蔵は「うおっ」と、思わず体を後ろに引きそうになった。

(う、内田さん、顔が怖え――……)

「落ち着きなさいって。気持ちはわかるけど……」

社長は困ったように宥めてから、ソファに座っている二人を見る。

「降りるのも、続けるのも、あなたたち二人の判断よ」

「けど……続けるって、あの先生が許してくれないんじゃ……」

「それは心配いらないわ。あなたたちが続けたいと言えば、渋々でも承諾するわよ。劇場も押さえているし、公演の日程はもう決まっているんですもの。あなたたちに降りられると困るのはあちらのほうよ。ダンスと歌ができて、知名度と人気もあって、話題性抜群！そんな二人が簡単に見つかると思う？」

人気のあるアイドルや有名俳優は、当然スケジュールが埋まっている。舞台となれば、二ヶ月以上稽古にかかりっきりになる。そのためのまとまった時間がすぐにとれるはずもない。

自分たちも暇なわけではないし、ほかに仕事を抱えているが、なんとか時間を作れるのは、まだ高校生ということもあり、マネージャーと社長があまり負担にならないように仕事量をセーブしてくれているからだ。

夏には全国ツアーも予定されているし、その準備もあるから、舞台の仕事を引き受けるとなれば、かなり無理をすることになる。学校も休む日が多くなるだろう。

「今から募集してオーディションする時間はないわよ。ポスターだって作らなければいけないし、チケット発売の時期も迫っているのよ。別の人を探していたら間に合わないわ。だから、あなたたちが戻ってきてくれないと、相当困ることになるの」

社長は顎に手をやって楽しそうに笑みを浮かべる。すっかり策士の顔だ。

「社長！　どうせまた、うちの子をいびり倒すつもりですよ。あの横暴演出家〜〜〜っ！」

内田マネージャーはそう言って、悔しそうに両手を握る。

「んー……そうね〜。でも、大城戸先生は、本当に実力と才能のある方なのよ？　それに、一流の舞台俳優を何人も育てているわ。ちゃんと指導してもらえたら、ステップアップになると思うのよね〜」

「私は反対ですっ！　舞台をやるにしても、もっとほかにいい演出家の先生はいますよ！　私、いくらでも探してきますから！」

「それもそうね。チャンスは今回だけ、というわけではないし……向こうが頭を下げてこないなら、こちらからわざわざもう一度やらせてほしいと頼むことはないわね。もちろん、二人がやりたいというのなら、反対はしないし、あちらが断れないようにするけれど」

社長は、『どうする？』と問うように、笑顔でこちらを見る。

（あの脚本は面白かったんだけどな……）

やってみたい役だった。多少未練もあるが、こうなっては仕方がないのだろう。大城戸先生の心証も最悪なものになっているはずだ。もう一度頼み込んでやらせてもらったとしても、あの先生の気に入る演技ができるとも思えない。また罵倒されて終わるのが関の山だ。内田マネージャーの言う通り、チャンスは今回だけというわけではない。その時までに、演技の基礎を勉強して準備しておくほうが、自分にとってはよさそうだ。

諦めるほうに気持ちが傾いた時、「僕はやめませんよ」とそれまで黙っていた勇次郎が口を開く。内田マネージャーと社長が驚いたような顔になっていた。

てっきり、やらないと言うと思っていたのに――。

「あの演出家に、まだ僕らのことをわからせてない」

きっぱりと言った勇次郎の顔を、愛蔵は呆気にとられて見る。

(えっ……マジ………で……?)

「本当に、申し訳ありませんでしたっ!!」

椅子にどっかりと座っている大城戸先生に向かって、愛蔵はガバッと頭を下げた。

昨日、読み合わせが行われた会議室には、大城戸先生とスタッフが数人いるだけだ。練習室の方から発声練習の声が聞こえてくるから、役者たちはそちらにいるのだろう。

腕を組んで座っている大城戸先生は、ジロッと勇次郎を睨む。

「……そっちのは、謝らんのか？」

勇次郎はふてぶてしい顔で突っ立ったまま、一言も発しようとしない。愛蔵は焦ってその服の袖を引っ張ったが、頭を下げる気は少しもないらしくそっぽを向いている。

かわりに前に進み出た社長が、穏やかな笑みを浮かべたまま丁寧に頭を下げた。それを、後ろに控えた内田マネージャーがヒヤヒヤした様子で見守っている。

「大城戸先生、このたびは大変失礼いたしました。ご不快な思いをさせてしまったことは、私からも心よりお詫びいたします。この二人も深く反省しておりますし、ご尊敬申し上げる大城戸先生の舞台にぜひ立たせていただきたいと申しております。どうか、二人の熱意をくんで、もう一度、機会をいただけないでしょうか？」

「田村さん。あなたを信頼して、この二人を主演に起用したんだ。けれど、やる気のない態度で来られても困るんですよ。舞台は遊びでやっているんじゃないんだ」

大城戸先生は不機嫌な顔をしながらも、昨日のように声を荒らげることはなかった。この演出家の先生ですら社長には一目おいているらしい。

「ええ、それはもう、先生のおっしゃることはその通りだと思いますわ。この二人も十分に理解しているのですが、初めての舞台ということもあって、やる気と意気込みが少々、空回りしてしまったみたいで……まだ、未熟なところもあるかもしれませんが、先生がご指導くだされば、絶対に舞台を成功させることができると信じておりますの。先生の期待も裏切らない、素晴らしい演技とパフォーマンスを見せてくれますわ。ですから、どうか根気強くご指導していただきたいのです」

「それはまあ……田村さんがそうおっしゃるなら……仕方ありませんがね……しっかりやっていただけるんでしょうな？」

「もちろんですわ。そうよね？　あなたたち」

「はいっ、俺も勇次郎も精一杯やるので……よろしくお願いしますっ！」

愛蔵はもう一度頭を下げてから、勇次郎の頭もグイッと押さえる。

軽くよろめいた勇次郎は、思いっきりしかめっ面になっていた。

田村社長は「二人もこう言ってますから」と、微笑んだ。

（やっぱ、社長ってすげーよな……）

田村社長がいてくれたおかげで、降板という事態は免れたし、明日から稽古に参加させてもらえることにもなった。今日はほかの役者たちの立ち稽古を見学しただけだ。

勇次郎はそのあいだ、やっぱり一言も口をきかなかった。憮然としていたのも大城戸先生の前だけで、稽古を見学している時は真剣な表情になっていた。

一度、事務所に戻り、打ち合わせを終えれば、その日の仕事は終わりだ。

レッスンも休みだったため、この後は帰るだけだった。

ビルを出ると、夕暮れの空が広がっている。

自動ドアの前で立っていた愛蔵の横を、勇次郎がスッと通り抜けた。「じゃあ」と、一言だけ挨拶されたがそれだけだ。家の車が迎えに来ている様子はないから、一人で帰るのだろう。どこかに寄るつもりなのかもしれない。

愛蔵はため息を吐いて、前髪を手で梳くようにかきあげた。


（ほんと、なに考えてんのか全然、わかんねー……）

帰りに幸大がアルバイトをしている喫茶店に寄った愛蔵は、奥の席に座って、注文したコーヒーが運ばれてくるのを待ちながら書店で買った雑誌を開いていた。

『あなたのすぐそばに、宇宙人はいる！』

見出しにつられてページをめくる手が止まる。頬杖をつきながらじっくりと読んでいると、カチャッと音がした。テーブルにおかれたのはコーヒーのカップだ。

「ありがとうございます。山本先輩」

お礼を言ってから、愛蔵はカップに手を伸ばす。

「その雑誌、面白いよね」

開いていた雑誌を、幸大が横から覗き込んできた。

「山本先輩……宇宙人に遭遇したことって、ありますか？」

真剣な顔できくと、幸大は瞬きしてメガネを指で少し持ち上げる。そのレンズが、キラッと光った気がした。

「宇宙人はないけど、UFOの写真なら撮ったことがあるよ」

「えっ、マジで!?　どこで撮った写真!?」

驚いてきくと、幸大はニコッと微笑んだ。

「学校の屋上で撮れた奇跡の一枚。新聞部の部室にあるから、今度寄ってくれたら見せてあげるけど」

「新聞部の部室かぁ～、明智先生に見つかりそうなんだよな」

コーヒーをすすりながら、愛蔵は苦笑する。明智咲は勇次郎と愛蔵のクラス担任で、古典を教えている。なぜかいつも白衣姿で、そのポケットには棒つきの飴が入っているのだ。教師なのに、それをくわえたままプラプラ歩いているような、いささか風変わりな先生だった。その明智先生が顧問をしているのが、幸大が所属している新聞部である。

「柴崎君、なんで宇宙人のこと調べてるの？　仕事？」

「いや、調べてるわけじゃないし、仕事でもないけど……なにかの参考になるかなって」

「よくわからないけど、大変そうだね。アイドルって」

「山本先輩、今日、アルバイト何時までですか？」

愛蔵が尋ねると、幸大は壁の時計に目をやる。

「あと二時間くらい。閉店まで僕もいるから、ゆっくりしていってよ。この時間は、お客さんもあんまり来ないから」

「ありがとうございます。ほんと、助かります」

ここほど、周りの目を気にしないでくつろげる場所はないだろう。

「うん、写真は気が向いた時に見においでよ」

「はい。あー……けど、この仕事が終わってからかな。あんまり学校に行けないかもしれないし。終わってからの楽しみにしておきます」

「そう。じゃあ、ごゆっくり」

幸大は軽く手を振ると、カウンターに戻っていった。

愛蔵は雑誌をおいてバッグから台本を取り出す。

（とりあえず、明日までに、やれることをやっておかないとな……）

ペンケースからペンを取り出し、小さく揺らしながら台本を読み始めた。

一時間ほど経った頃、「幸大〜〜っ！」と賑やかな声と共に店のドアが開く。明るくて調子のいい声だった。集中していた愛蔵は、急に現実に引き戻されたようにパッと顔を上げる。いつの間にか、店の外は雨になっている。そのことにも気づかないほど、読みふけっていたらしい。

「あっ……」

店に入ってきた男子高校生が、ビニール傘をたたんでこちらを見る。

愛蔵は「げっ……」と、顔をしかめた。一番遭遇したくない相手に遭遇してしまった。

「シバケン、今日、神社に行くって言ってなかった？」

「帰りに雨が降り出したから、幸大んとこで雨宿りさせてもらおうと思ってさ〜。あっ、俺、コーヒーねー。砂糖とミルクいらねーから」

そう言いながら、その男子はなぜか愛蔵が座っている席のほうに歩いてくる。そして、通路を挟んだ隣の席にバッグを投げてドカッと腰を下ろした。

「ほかにいけよ……」

愛蔵は目を合わせないようにしながらボソッと呟く。この店はようやく自分が見つけたオアシスのような店なのだ。けれど、この男は幸大と同い年で親友だから、店に出没しても不思議はない。それに気づかなかったのは不覚だった。

隣に座った相手が、「あ?」とこちらを見る。その視線が、テーブルの上に広げていた台本と宇宙人の特集が組まれている雑誌に向いた。

「…………お前、宇宙人の役でもやんの?」

「ハァ!?　やんねぇよ!」

無視しようと決めていたのに、つい反応してしまう。

相手は、「似合うじゃーん」とケラケラと笑っていた。

(ほんと、こいつは〜〜〜っ!!)

愛蔵はすっかり冷めているコーヒーを一気飲みして、カップをソーサーに戻す。

「ごちそうさま!!」

お会計を済ませて店を出た途端、滝のような雨が全身に降り注ぎ、ものの数秒でプールにでも飛び込んだようにずぶ濡れになってしまった。

(傘……持ってきてねー…………)

水滴を落としながら、げんなりした顔になる。こんな土砂降りになるなんて、天気予報では言っていなかった。

愛蔵が「ハァ〜」とうなだれていると、店のドアが開いてなにかでコツンと頭を小突かれる。振り返った愛蔵の手に渡されたのは、ビニール傘だ。なにか言おうと思ったのに、咄嗟(とっさ)に言葉がでない。相手はすぐに背を向けると、パタンとドアを閉めてしまった。

「幸大～悪い。帰り、駅まで送ってくれよ。傘、なくしてさ～」

「店に予備の傘あるよ。花柄(はながら)のだけど」

「んじゃ、それでいいわ～。今度返すから」

そんな会話が店の中から聞こえてくる。愛蔵は手に持った傘をギュッと握(にぎ)った。

(……………んだよ………っ)

ストームの中で僕らを見る瞳

Act Ⅱ ～第二幕～

釘付けにしてやる

Act II ～第二幕～

蜘蛛の巣が天井の梁を隠すくらいに覆っている古い聖堂に、日の光が薄らと差していた。ドーム形の屋根の一部は崩れ落ち、ステンドグラスも割れていて冷たい風が吹き込んでくる。乾いた落ち葉が、木のベンチの上や床に散らばっているところを見ると、今はもう使われてはいないのだろう。掃除に訪れる人もいないようだ。

聖堂の周りも茨や雑草が茂っていて、人が足を踏み入れるのを阻んでいた。

ひどいなとばかりに顔をしかめてあたりを見回していた愛蔵が、祭壇の下をのぞき込む。その瞬間、「うわっ！」と尻餅をついていた。飛び出してきた猫が、毛を逆立てて唸ってから一目散に逃げていく。

「なんだ、猫か……」

彼は胸をなで下ろすように呟き、膝に手をついて立ち上がった。

「昼間に魔物が現れるわけがないだろ」

魔物は日の光を嫌い、夜に活動する。この街に現れるあの大きな赤い目をした魔物も、目撃したのは夜だけだ。日中はどこか暗い場所に潜んでいるのだろう。

「そんなのわかんないだろ。昼間に出るやつがいるかも……」

この世のすべての魔物のことを知り尽くしているわけではないから、昼間に現れる類いの魔物がいないとは言い切れない。とはいえ、昼間は夜より比較的安全なのはたしかだ。

「……それでここになにがあるんだ？　まさか、例の宝石が隠されてるとか……って、そんなに簡単に見つかれば苦労はしないよな」

「この街の広場に像があった」

「ああ……ドラゴンを踏みつけてる髭のおっさんの像だろ？　この国を建国した王様、とか言ってたな」

「その昔、北の山脈に巣くうドラゴンが、たびたび街に姿を現して暴れまわり、人々を困らせていたそうだ」

別の街の図書館で調べた文献に書かれていた伝説だ。ドラゴンを退治する人物の名前や結末に多少の違いはあるものの、どこの街や村でも耳にしたことのあるよくある昔話だろう。この街に伝わる話も、そう珍しいものではない。

「今は赤い目の魔物ってわけだ。災難によく見舞われる街だな」

愛蔵は軽く肩をすくめる。

「伝説によれば、ドラゴンの体は王様の剣に貫かれると同時に砕け、後には誰も目にしたことがないほど美しい大きな宝石が残されていたそうだ」

「それは知ってる……俺も調べた」

そして、彼もこの街に辿り着いたのだろう。

「だとしたら、宝石は代々、王家の者に受け継がれていると考えるのが普通じゃないか。王宮の保管庫か、王女様とやらの寝室かはわからないけど」

王冠や首飾り、王笏などに埋め込まれている、という可能性も高い。

ただ、それは伝説が事実であるとするならだ。すべてが誰かの創作、夢物語かもしれない。むしろ、現実的に考えるなら、その可能性のほうが高いだろう。

自分たちが手に入れようとしている宝石は、そんな存在すらあやふやな代物だ。本気であると信じて探し求めているのは、自分くらいなものだろうと、そう思っていた――。

（もう一人、夢見がちなやつがいるとは……）

彼がなにを思ってその宝石を手に入れようとしているのかは知らない。ただ、そうまでしても、叶えたいこと、願うことが彼にもあるのだろう。そうでなければ、時間を持て余しているよっぽどの暇人か、変わり者だ。

「それはそうかもな……だったら、王宮に乗り込んだほうがいいんじゃないのか？　こんなとこ、探したってなんにも出てこないだろ。猫ならいたけど……」

「正面の門から城に乗り込みたいなら、そうしてみればいいだろ。一人で」

城の城門の近くまで行ってしばらく様子をうかがっていたが、警備が厳重だ。魔物の侵入を警戒しているからなのかもしれないが、それにしても、衛兵の数が普通に比べても多い。その監視の目をくぐり抜けて侵入するのは、容易ではないだろう。

「いきなり、正面突破しようなんて思ってねーよ。そうじゃなくて……商人を装って中に入れてもらうとか、贈り物の箱の中に隠れて入るとか……色々、やり方はあるって言ってんだ」

愛蔵は「それくらい、俺にだってわかってるって」と、唇をムッと曲げる。

「城にはたいてい、抜け道の一つや二つ、作られているものだろう。それは、こういう人が立ち入らないような聖堂や墓地に繋がっていたりする」

街の人々が礼拝などに利用している聖堂は、広場の近くに別に造られていた。使われなくなった聖堂は取り壊されていてもおかしくないのに、ここはあえて放置されている。

それに、庭の茨は自然に生えたものではなく、植えられたもののようだ。崩れた聖堂に茨を植える理由は、立ち入られたくないから、としか考えようがない。

となれば、人には知られたくないなにかがあるということだ。それが、抜け道なのか、隠し財宝なのかはわからないが。

（もっとも、魔物の巣窟だからっていう理由じゃないとも限らないけど……）

「あっ……そうか」

愛蔵は素直に信じたのか、すぐに抜け道を探し始めた。祭壇の後ろの壁や床を、真剣な顔をして叩いてみている。

勇次郎は通路に立ち、聖堂内を一通り見回した。その視線が落ち葉に埋もれている布に向く。近づいてみると、薄茶色に変色しており、あちこちがすり切れていた。その下から見えているのは、乾いた木の表面だ。すっかりぼろ切れになっているその布を剥がしてみると、上にのっていた落ち葉が宙に舞う。

（オルガン……）

少し驚きながら、それを見つめる。よく見れば、銀のパイプが天井まで伸びていた。演奏台の蓋を開いて、軽く手鍵盤の埃を払い、指で押さえてみると、壊れてはいないのか音は鳴る。オルガンの上の天井は崩れていないから、それほど雨にはさらされていなかったのだろう。弾いてみていると、愛蔵が振り向いた。

「遊んでないで、お前も探せよ。どう見たって、そんなところに抜け道はないだろ？」

「壁をゴンゴン殴ってみたって、しょうがないと思うけど？」

「じゃあ、どこにあるんだよ？」

勇次郎は、「さあね」と肩をすくめる。

「ったく……無責任だな。ここに連れてきたのは、お前のくじに」

「連れてきてない。そっちが、勝手についてきたんだ」

「減らず口め！」

腹立たしげに吐き捨てる愛蔵を、「はぁ？　どっちが⁉」と睨む。

気が合わないのか、この数日口げんかばかりしている。それでも一緒に行動しているのは目的が同じで、協力し合うほうが合理的だと判断したからだ。

（そうでなければ、誰がこんなやつと……っ！）

勇次郎は顔をしかめる。彼がまったく同じことを思っているのは、そのげんなりした表情を見ればわかる。今だけの辛抱だと自分に言い聞かせて、勇次郎はそっぽを向いた。

「……けど、抜け道がありそうなところなんて、見当たらないけどな。聖堂の中じゃなくて、庭のどっかに繋がってるんじゃないのか？」

「そう思うなら、自分で確かめてくればいいだろ」

こんなところでお互い見たくもない顔を突き合わせて言い合いをしているのも無駄だ。

「ああ、そうかよっ！」

彼は不機嫌に答えてから、ふと、オルガンを指さした。

「案外……そのオルガンの裏とかに隠し扉があったりしてな。仕掛けがあるかもしれないから、探してみろよ」

「偉そうに命令するな」

勇次郎は眉間に皺を寄せて言い返した。

「はいはいっ、そーかよ。それは失礼いたしました」

ヒラヒラと手を振って祭壇から下りようとした彼の足が、ピタッと止まる。正面の扉が勢いよく開いた瞬間、彼はレイピアの柄に手をかけていた。

駆け込んできたのは二十人ほどの衛兵だ。城の周りにいた衛兵たちと同じ制服を着て、その上に黒のローブをまとっている。全員が剣を抜いているところを見ると、二人が中にいることはわかっていたのだろう。聖堂の庭は茨に覆われて通り抜けるのは一苦労だった。だとすれば、ほかに通れる道があったのか。

（ということは、やっぱりここで〝正解〟だったってことか……）

なにもないただの廃墟ではない、ということだ。愛蔵が身構えたまま、『どうする？』と問うような視線を投げてくる。

それに気づかないふりをしたまま、勇次郎は衛兵たちに向かってニコッと微笑んだ。

「これは、衛兵の皆様。ずいぶんと物々しいご様子。なにかあったのでしょうか？」

「なに、最近、街をうろつきまわっているよそ者のコソ泥が、この聖堂を根城にしているようだと、住人から訴える声があったのでな。こうして、我らが出向いて調べているところよ」

「はぁ⁉　俺たちはコソ泥じゃ……っ！」

彼の言葉を遮るようにスッと手を上げてから、勇次郎は笑みを作ったまま一歩前に出る。

「それは、この街の方々も不安でございましょう。この街では、なぜか夜な夜な魔物も出没するようですし……しかし、こうして衛兵の皆様が警備に当たってくださっているのですから心強い……早くそのコソ泥とやらも、捕まるとよいですね」

「ほぉ、では貴様らは、自分たちはそのコソ泥ではないと？」

この男が衛兵の隊長なのだろう。大きな剣の柄をもてあそぶようにカチカチと鳴らしながら、皮肉たっぷりに髭の下の唇を歪めて笑う。

「滅相もございません！」

勇次郎は大げさに驚き、芝居がかった口調で言いながら、大きく手を横に振った。

この場を勇次郎に譲って黙っていた愛蔵は、すっかり呆れた顔になっている。よく言うとでも思っているのだろう。

勇次郎は帽子を取ると、それを胸にやって深く一礼してみせた。

「我らは街から街へと渡り歩き、拙い歌と踊りでわずかばかりの日銭を稼いでおりますただの旅芸人。小心者ゆえ、盗みなどという大胆な悪事を働いたことなどただの一度もございません。お疑いとあらば、どうぞ存分にお調べを。なにもやましいところはないと、この身の潔白が証明されましょう！」

「よくも白々しい嘘を。では、その腰の武器はなんだ？　旅芸人には不相応な代物に見えるがな」

レイピアを半分鞘から抜いた愛蔵が、ハッとしたように手をわずかに緩める。けれど、手を離して鞘に戻すことはしなかった。

「旅には危険がつきもの。それは街の治安を守っておられる皆様方もよくご存じのこと。夜道を歩けば、野盗に野獣、魔物に出くわすこともしばしば。我が身を守るために、護身用の武器の一つや二つ、旅をするものならば持ち歩いているもの。それに、我らは芸を生業としておりますが、護身術はさほど得意ではございません。剣術を習ったこともなければ、師がいるわけでもなく、見よう見まねで振り回すだけの素人同然。彼のその腰の剣も、ただ見栄でぶら下げているだけの飾り物。私にいたっては、剣すら持ち合わせておりません」

勇次郎は空の両手を『ほらね』と言うように、開いてみせる。「誰が……」と、小声で言う彼の足を、黙っていろと思いっきり踏みつけた。

痛そうな声をもらした愛蔵が、なにをするんだとばかりに睨んでくる。

「ペラペラとよく口のまわるやつだ。それならば、なぜこんな崩れ落ちかけの聖堂にいた？　まさか、このような場所に人を集めて芸を披露しようと言うのではあるまい。集まるのは、それこそ夜な夜なさまよい歩く亡霊か魔物くらい。やはり、コソ泥が盗んだ金目のものを隠しているようにしか思えぬわ。本当に旅芸人だと言い張るのであれば、ぜひともその拙い歌と踊りとやらをやってみせてもらおうではないか。そうすれば、貴様の言葉が嘘か誠か、すぐさま明らかになろう。さあ、どうした？　まさかできぬとは言うまい？　芸のできない旅芸人など見たことも聞いたこともない！　それとも、金がほしいのか？」

衛兵の隊長は小馬鹿にしたように、「それなら、さあほら！」と取り出した銅貨を指で弾く。それは勇次郎の足もとにチャリンと落ちた。

「貴様らの芸にはそれで十分だろう。見ていてやるのだから愉しませてくれような？」

周りで見ている衛兵たちも、「さあ、歌ってみせろ！」と笑いながら野次を飛ばす。

「あんまり、調子に乗るなよ。おっさん……人をバカにするにもほどがあるってもんだ」

愛蔵が腹に据えかねたように低い声で言った。

「腰抜けほど、尊大に振る舞おうとするものだ……」

勇次郎は笑みを消して身をかがめ、足もとの銅貨を拾った。

「なんだと⁉」

気色ばむ衛兵の隊長に、勇次郎はニコッと笑ってみせる。

「ただの戯言、お気になさいますな。それよりも、ご所望とあらば、やらないわけにはいきますまい。ちょうど、ここにはオルガンもある。銅貨一枚分程度の歌と演奏なら、即興で披露できましょう」

　そう言うと、オルガンのそばに倒れていた椅子を起こし、ストンと腰を下ろした。

　足もとの鍵盤につま先を添え、軽く慣らすように手鍵盤を奏でていると、愛蔵が不安げな顔をしてやってきた。

「おい……大丈夫なのか？」

「それは自分自身にきいてみるんだな」

「ハァ!?　まさか、俺に歌えと言うんじゃないだろうな？」

「どうせ、難癖をつけたいだけなんだ。歌の善し悪しなど関係ない。下手くそでも、今日は喉の調子が悪かったとでもごまかしておけばいい」

　勇次郎は音を奏でながら、不敵な笑みを浮かべる。

　彼は「簡単に言うなよ！」と、額を押さえて大きなため息を吐いた。

「一曲くらい歌えるだろう？　故郷の歌とか、子守歌とか……なんだっていい」

「そう言うなら、お前が歌えよ！」

　声を潜めたまま話をしていると、「どうした？　なにをコソコソ話をしている。聴いてやっているんだから、早く始めろ！」と、隊長が焦れたように急かした。

　後ろを一度振り向いてから、愛蔵は再び勇次郎のほうに顔を戻す。

「……人前で歌ったことなんてないんだ！」

「僕だってない」

「故郷の歌も知らない、子守歌だって知らないっ！　俺は……っ！」

「じゃあ、適当に歌うんだな。伴奏ならしてやる」

「無茶を言うな。いきなり歌うんだな。いきなり打ち合わせられるわけがないだろ！」


たしかにその通りだ。打ち合わせも練習もしていない。けれど、ほかにこの場を切り抜ける方法がない。勇次郎は片手を伸ばし、彼の胸ぐらをつかんでグイッと自分のほうに引き寄せた。

「無茶でも歌うか、捕まって牢にぶち込まれるか、どっちがいいんだ⁉」

声を抑えて問うと、愛蔵は顔を強ばらせたまま無言になる。

捕まれば、ろくな目に遭わされないのはわかりきっている。牢から脱出するなんてことは、簡単ではないだろう。何ヶ月、いや、何年放り込まれるかわからないのだ。それは彼にもわかっているはずだ。

「………………っ！」

愛蔵は勇次郎を突き放すと、「失敗しても文句言うなよ！」と自棄になったように言う。

祭壇の前に立つと、腕を組んで見ている衛兵たちを落ち着かない様子で見回した。

「あ――……」

喉に手をやって軽く発声をしているが、ひどく頼りない掠れた声だ。

「もっとしっかり歌え！」

嘲笑するような野次が飛んできて、彼はひどく気まずそうに咳払いをする。

（やっぱり、いきなりは無茶だったかも……）

彼が歌えなかったら、自分が代わりに歌うしかない。そう思っていると、小さな歌声が聞こえてくる。メロディを思い出しながら、ゆっくりと辿っていくような歌声だった。けれど、数節歌ったところでやめてしまう。白けたような沈黙が広がった。

知らない曲、聴いたことのない曲だ。勇次郎は先ほど彼が歌ったその数節を、オルガンで奏でる。その音につられたように顔を上げた愛蔵が、気を取り直して再び歌い始めた。先ほどよりも少しだけはっきりとした歌声だ。

勇次郎の奏でるオルガンの音色に、彼の伸びやかな澄んだ歌声が合わさり、聖堂に響き渡る。愛蔵は歌いながら、勇次郎は伴奏を続けながら、お互いに視線を交わした。

勇次郎の演奏に、彼は自然と合わせてくる。手と足が一緒に軽快なリズムを刻むように動いていた。

手拍子を入れながら歌う彼につられ、勇次郎も演奏をしながら歌を口ずさむ。

（ほら、やればできるじゃないか）

笑って、演奏のテンポを少しずつ速くすると、少し焦ったように彼も合わせてくる。

歌詞が思いつかなかったところは、鼻歌とその場のステップでごまかしていた。

終わりに近づくと、ゆっくりとした静かな旋律に変える。愛蔵は勇次郎の伴奏が途切れても、胸に手を当て、目を瞑って一人で歌い続けていた。

衛兵たちも、すっかり聴き入っているのか誰も野次を飛ばしたり、笑ったりしない。ポカンとしたような表情で彼を見ている。

祭壇のまわりに差した淡い光が、歌声に合わせて踊っているかのようだった。

もう、伴奏は必要ないだろう。勇次郎は鍵盤に添えていた手をそっと離した。

この場にいる誰もが彼の歌しか聴いていない。遠く広がったその歌声がやがて途切れて、静寂が戻るまで、誰も一言も発さなかった。

我に返ったように、愛蔵がパッと目を開く。無反応な衛兵たちを前に、急に恥ずかしさがこみ上げてきたのか、顔を隠すように帽子を下げ、ガバッとお辞儀していた。それから、助けてくれというように勇次郎に視線をよこす。

勇次郎は椅子から立ち上がると、愛蔵の隣に並んで一同を見回した。

「いかがでございましょう？　これで、我らがただの旅芸人だと、すっかりご理解いただけたことと存じますが。まだ、お疑いとあらば、今度は踊ってみせましょう」

「ふんっ、余興はもう十分だ！　さっさとこやつらを引っ捕らえろ！」

隊長の男が命じると、衛兵たちがすぐさま抜いた剣を勇次郎と愛蔵に向ける。

「待てよ。話が違うだろ！」

「貴様らが旅芸人だろうが、コソ泥だろうが、素性もわからぬ怪しげな輩であることには変わりない。よそ者はすべて捕らえて調べよというご命令なのだ」

「ハァ⁉　じゃあ、俺が歌ったのも無駄かよっ！」

腹立たしげに言って、愛蔵は勇次郎を睨んでくる。赤っ恥をかかされたとでも思っているのだろう。勇次郎は「時間が稼げたじゃないか」と、軽く肩をすくめた。

「なんのための時間稼ぎだよっ！」

「切り抜ける方法を考える時間？」

勇次郎は腰の短剣を抜き、少し考えてそう答える。

「で、なにか思いついたのか？」

「全員片付ければ、逃げられる」

愛蔵はハッと笑って、「そいつは楽勝だ」と皮肉たっぷりに言った。

距離を詰めてくる衛兵を警戒しながら、二人も後ろに下がって背中合わせになる。

命令ということなら、見逃してくれることを期待しても無駄だ。となれば、多少手荒い方法でこの場を切り抜けるしかない。

たとえ上手く逃げられたとしても、すっかりお尋ね者だ。手配書が出回り、出歩くこともままならなくなる。それでは、自分たちを泊めてくれている宿屋の主人と娘にも迷惑をかけることになるだろう。そうならないためにも、ここは穏便に済ませたかったが、そうも言ってはいられないようだ。

「……魔物十匹相手にするよりは、マシなんじゃないの？」

「人間相手のほうが難しいんだっ！」

衛兵は二十人ばかり。対してこちらは二人と圧倒的に不利なのだ。それに、剣を抜いたのは相手のほうが先なのだから、手加減してやる必要もない。それでも、人を相手にすることには抵抗を感じるのだろう。

（ほんと、お人好しなやつ……）

「というか、お前の弓はどうしたんだよ⁉」

「宿においてきた」

「それじゃ、意味ないだろ！」

「今、弓があったって、役には立たない」

「自分の身くらい自分で守れよ。俺はお前を庇いながら戦ってやる余裕はないからな！」

「余計なお世話だ。自分の心配してなよ！」

二人とも、自分たち目がけて振り下ろされた衛兵の剣を、レイピアと短剣の刃で受け止める。愛蔵は相手の剣をスルッとかわして弾き飛ばしていた。難なくやっているように見えるが、相手は訓練された衛兵だ。その剣は軽くはない。

彼ほど力のない勇次郎は、相手の剣を受け止めただけで手がしびれ、短剣を落としそうになる。歯を食いしばって押し返しながら、片足で相手の膝を思いっきり蹴りつけた。

膝から崩れた衛兵のその首もとに短剣の柄を叩き込むと、気を失った衛兵がドサッと転がった。勇次郎は息を吐いて、顎に垂れてきた汗を拭う。けっして鍛えていないわけではないが近接戦は苦手だ。これだけのことでも、すぐに息が上がってしまう。

愛蔵は襲ってきた衛兵の一撃をかわすと、その腕に剣先を突き刺していた。致命傷になる場所はあえて避けたのだろう。その余裕がある彼が、少しばかりうらやましい。応戦しながら、呼吸すら乱れていない。暑そうに息を吐いただけだ。場慣れしているのか、それともどこかで訓練を積んだのか。どちらにしても、腕が立つのはたしかだろう。

「なにをやっている！　相手はたった二人ではないか！」

衛兵の隊長が、後方で苛立たしげに声を張り上げた。

ほかの者たちと同じ制服を着て、黒いローブのフードを深くかぶっている衛兵が、隊長の後ろに一人立っている。けれど、その者は腰の剣を抜く様子はなく、ただ見守っているだけだ。両隣の衛兵は、剣を抜いてかまえたまま、その場から一歩も動かない。

隊長を護衛しているのかと思ったが、そういうわけではなさそうだ。むしろ、その二人が守っているのは真ん中に立っている痩身の衛兵だ。勇次郎と愛蔵を取り囲む衛兵たちの戦いに加わろうとする気配もなく傍観している。

勇次郎は愛蔵の背中を突き飛ばして前に押し出した。自分よりも、愛蔵のほうが早いと判断したからだ。軽くよろめいた愛蔵が、『なんだよ⁉』とばかりに振り返る。

「行けっ！」

短く伝えると、それだけで彼はこちらの言わんとすることを察したようだ。ハッとしたように、彼はすぐに駆け出す。

それを追いかけようとする衛兵の前に立ち塞がった勇次郎は、剣を受け止めてから相手の背中を蹴り飛ばした。床に体を投げ出した男の剣が、足もとに転がる。すぐに拾い上げ、背後に迫った相手の腕を躊躇なく突き刺した。

愛蔵はレイピアを真っ直ぐに構えたまま、中央の通路を駆け抜けて距離を詰める。

二人の衛兵に守られていた真ん中の一人が、怯んだように一歩後ろに下がった。

庇うようにその前に出たのは、両隣にいた衛兵だ。

「やっぱり、命令してんのはそいつか！」

愛蔵の口もとに不敵な笑みが浮かぶ。形相を変えて飛び出してきた隊長の剣を跳ね返すと、彼は衛兵二人の剣をその手から叩き落とした。

「お下がり下さい‼」

先ほどまでの偉そうな態度から一変して、隊長が焦ったように声を上げる。けれど、武器を持たない痩身の衛兵は、その場から動かず覚悟を決めたようにグッと顔を上げる。

あとわずかで届きそうだったレイピアを、愛蔵が寸前で引いた。

勢いがついていたためか、前のめりの体勢になっている。その瞬間、衛兵が横から彼を殴打する。隙を突かれてかわす余裕がなかったのだろう。

「…………っ！」

愛蔵が片膝をつくと、すかさず後ろにまわった隊長が、もう片方の膝も蹴りつけた。

両膝をつかされた愛蔵の手から、レイピアが離れてカランッと床に転がる。

「残念だったな。そっちのも、剣をおけ！」

衛兵の隊長が、愛蔵の首もとに剣を当てながら声を張り上げた。

ほかの衛兵たちも攻撃の手を止めて後ろに下がる。

「…………っ」

ゆっくりと両手を上げた勇次郎は、剣から手を離した。

足もとに転がったそれを、衛兵がすぐに拾う。短剣も別の衛兵によって取り上げられてしまった。これではもはや、打つ手なしだ。

「悪い……しくじった……」

膝をつかされた愛蔵が、勇次郎を見て苦笑するように言った。

「お前と一緒にいると、ろくなことがない」

これ以上なく不機嫌な表情になった勇次郎が、ボソッとした声でもらす。

石壁に三方を囲まれている狭い部屋に押し込められてからずっと、くっつきそうなほど眉を寄せたままだ。

通路を照らすロウソクの灯りが、かろうじて部屋の中にも伸びてくる。鉄格子と二人分の影が、くっきりと床に映っていた。地下牢だから窓もない。壁の通気口から、寒々とした風が吹き込んでくる。

「さっきから、そればっかりじゃねーか」

うんざりしたように言いながら、愛蔵は部屋の隅におかれているお粗末な木の寝台を軽く手で押して確かめている。一息吐くように腰を下ろした途端、バキッと音がしてその寝台が崩壊した。木が腐っていたところに、彼の重みが加わったものだから耐えられなかったのだろう。ドスンッと尻餅をついた愛蔵は、びっくりしたように目を見開いている。それから、腰に手をやって痛そうな呻き声をもらした。

その一部始終をさめた目で眺めていた勇次郎は、「はぁ……」とため息を吐く。

――なんという愚かしさ。

「お前と一緒にいると、ろくなことがない……」

「それは、こっちも同じだ！」

愛蔵が起き上がって、ムッとしたように言い返してくる。服についた木の破片と埃を叩いて落としてから、彼は擦ったらしい手のひらを見て顔をしかめて息を吹きかけていた。

会話が途切れると、気詰まりな静けさが広がる。

愛蔵は寝台に寝ることを諦めたらしく、離れた場所に腰を下ろして壁にもたれていた。

「………なんで、手を緩めた」

武器も所持せずにいた小柄な衛兵。おそらく、衛兵のかっこうをしていただけだろう。何者か知らないが、衛兵の隊長が血相を変えて護ろうとするくらいだ。それ相応の身分の相手だったはずだ。

愛蔵が躊躇せず、あの者を人質に取れていたら、彼らも手出しはできなかっただろう。

返事をしない愛蔵に視線を向けると、苦々しげに片手で額にかかる前髪を上げていた。

「…………………だった……から」

勇次郎は、「え?」とき返す。

「だから……どう見たって、女だったから……っ!」

口ごもるように答えた彼の横顔を、呆気にとられて見つめた。

「仕方ないだろ。相手は剣も持ってなかったし……そんなやつ、人質にとれるかよ!」

愛蔵は気まずそうに言って、フイッと顔を背ける。

「そんなことで、躊躇するとは思わなかった」

相手が誰であろうと、自分たちを捕らえるように命じた相手だ。こちらが手加減してやることはない。

「卑怯だろ……俺は、そういうのはしない主義なんだよ。なんとでも言え」

「やっぱり、お前と一緒にいると、ろくなことがない……！」

手で目を覆いながら、嘆かわしいとばかりに言ってやる。

この台詞を口にするのは、これで十回目くらいだろうか。

愛蔵が苦虫を噛みつぶしたような表情で、「悪かったって……巻き込んで」と謝った。

「でもまあ……おかげで、城の中には入れたんだ。目的は達成したよな！　よかった……んじゃないか？」

気を取り直すように明るい声で言う彼に、いったいどこがよかったのかと呆れきった目を向ける。

「入れたんじゃなくて、ぶち込まれたんだけど？」

「俺はどんな状況でも前向きに捉えることにしてんだよ！　シケた面してブツブツ言ってるお前とは違って！」

言い返された勇次郎は、「ハァ？」と眉根を寄せて彼を睨む。

「こんな状況になったの、誰のせいだと思ってんの？」

「それは……俺だよ……俺がヘマしたせいだけど……それは、認めるし、悪かったってさっき謝ったんだから、もういいだろ」

「どうやって、ここから出るつもり？　方法くらいなんとかひねり出しなよ」

「そっちこそ……っ！」

愛蔵は堪えるように拳を握ると、もういいとばかりにそっぽを向く。

言い合いをしていても、たしかになに一つ良くなることはないだろう。

険悪な雰囲気を残したまま、お互いに顔を見ないようにして黙る。

あの場に現れた女性が、街の住人たちが話をしていた王女とやらなのだろうか。

自分も彼も素性のわからないよそ者の旅人だ。たしかに不審な輩には見えるだろうが、それを捕らえるために王女がわざわざお出ましになるとは思えなかった。

王女だったとしたら、伴っているのは近衛兵のはず。あの場にいた衛兵も隊長も、下級の兵士だろう。それは身なりや携えていた剣からもわかる。

人数こそ多く手こずりはしたが、剣の腕もそこそこだった。

（それにしても、なんだって僕らを捕らえさせたのか……）

あの崩れかけの聖堂によっぽど立ち入られたくなかったのか。あるいは、自分たちが探している例の石のことを知られたくなかったのか。

（そうなら……あながち、ただの言い伝えってわけじゃないのかもな……）

あの石が伝説の中で語られているだけの空想の産物であるなら、探す者が現れたところで誰も相手にはしないだろう。『あんな子ども騙しの物語を信じているのか』と、嘲笑うくらいなものだ。

わざわざ捕らえにやってきたということは、嗅ぎ回られたくない理由があるから。

それは、やはりあの石は王宮内に存在していることに他ならないのではないか――。

膝を抱えたまま深く考え込んでいると、「うわあぁ！」という素っ頓狂な声が耳に入る。

「出たぁぁぁ〜〜〜っ！　人の骨っ!!」

愛蔵は青くなって、思わずつかんだらしいそれをワタワタしながら放り出す。

「鶏の骨だと思うけど？」

どこからどう見ても、スープの肉についている短い骨ではないか。

「え……？　あ……あれ……？」

身を乗り出した彼は、よくよく骨を確かめてから指でつまむ。「なんだよ〜、紛らわしいな！」と拍子抜けしたように呟いて、その骨を投げ捨てた。

白い目で見ていると、彼はばつが悪そうに視線をそらした。

「……ちょっと、暗くてよく見えなかっただけだろ!?」

――なんという愚かしさ。

勇次郎は額を片手で押さえ、苦悩するようにため息を吐いた。

「お前と一緒にいると……」

「それはもう、聞き飽(あ)きた！」

言い終わる前に、愛蔵の不機嫌な声に遮(さえぎ)られる。

勇次郎は「でも……」と、転がっている骨を見た。

「ここから出られなきゃ、いずれはああなるかもね」

口の端(はし)をわずかに上げて皮肉っぽく言うと、愛蔵が顔をしかめた。

「やめろよ、縁起(えんぎ)でもない。もう少し、前向きに考えられねーのか？」

「……肉の入ったスープは、とりあえず出してもらえるんじゃないの？」

膝に肘(ひじ)をついて頬(ほお)に手をやっていた愛蔵が、目を丸くしてこちらを見る。それからクシャッと笑った。

「それ、前向きかぁ？」

「食べるものがなにも出てこないよりマシだろ」

「それもそうだな……」

愛蔵は独り言のように言って、「ん――っ！」と伸びをする。体の力を抜(ぬ)くと、再び壁に寄りかかっていた。

「腹減ったよなー……ほとんど食ってないし」

二人とも、朝に宿屋で出された一切れのパンを囓(かじ)っただけだ。愛蔵は、「こんなことなら、食料くらい調達しておけばよかったな」とポツリともらす。

「牢にぶち込まれる予定じゃなかったからね」

「それはもう言うなって」

「ほんと……」

「「お前と一緒にいるとろくなことがない」」

二人同時に言ってから、「だろ?」と愛蔵はきく。

ニッと笑った彼を見て、勇次郎もつい笑ってしまった。

状況は最悪で、一つもいいことなんてないのに――。

不意に入り込んできた風に、通路を照らすロウソクの灯火が大きく揺らいだ。

入り口の扉が開き、誰かが入ってきたのだろう。足音が近づいてくる。

愛蔵も勇次郎も笑うのをやめ、目を凝らして通路の先を見つめた。

やってきたのは、フードを深くかぶっている衛兵だ。二人分のスープの器と、小さなパンを載せたトレイを両手で持っている。

入り口の鍵を開けて入ってきた衛兵は、無言のまま膝をついて床にトレイをおく。「あの時の……っ!」と、驚きの声を上げたのは愛蔵だ。

小柄なその衛兵はビクッとして、頭にかぶっていたフードをゆっくりと脱いだ。

銀色の髪をした、二人とそう変わらないくらいの歳の女性だ。

肩につかないくらいの短めな髪だが、一房だけ長く伸ばして編んでいる。青白く見えるその表情は強ばっていて、赤い唇はギュッと結ばれていた。

聖堂で衛兵のかっこうをしていたのはこの女性で間違いない。その女性が、食事を持って一人で牢に姿を現すなど予測していなかっただけに、勇次郎も内心驚いていた。

これも王女の命令だろうか。それにしても、不自然だと勇次郎は眉をひそめる。

「いったい、どういうつもりだよ。俺たちを捕らえて、どうするつもりだ？」

同じように訝しそうな顔をした愛蔵が彼女に尋ねる。

「お二方には大変失礼なことをいたしました。ですが、これもやむにやまれぬ事情があってのこと。どうかお許しを」

両膝をついて、彼女は目を伏せながら頭を垂れる。

「お許しをって……そう思うなら、早くここから出してくれよ。聖堂でも言ったけど、俺たちはただの旅人だ。盗んだ金品なんて隠し持ってない。それは、散々取り調べたんだからわかってるだろ！」

この牢に連行された時、愛蔵も勇次郎も持っているものはすべて衛兵に押収された。路銀の入っている財布と靴までもだ。靴に武器や牢を抜け出すための道具を隠していないとも限らないからだろう。それに、逃亡を防ぐためでもあるのだろう。

「もちろん、必ずこの牢からはお出しします。ただ一つだけ、私の勝手な願いを聞き届け

ていただきたいのです！」

　膝の上におかれた彼女の両手が震えている。泣きたいのを必死に堪えているのか、その目が今にも潤みそうになっていた。

「この国と姉を救うため、そのお力をお貸しくださいっ！」

　彼女は「どうか、お願いです……っ！」と、懇願する。

「……姉ってのは？」

　愛蔵が眉をわずかに寄せて尋ねた。

「あなた方もご存じでしょう。私の姉は、父亡き後、その遺言によって王位を継ぎました」

「ってことは、王女様の妹君なのか！」

　王女に妹君がいるという話は、街の住人たちから聞いたので知っている。それは愛蔵もだろう。姉君と同じように城に閉じこもっていて、ほとんど街には姿を見せないという話だったが、どうやら噂とは違って、ずいぶんと活発で怖いもの知らずなお姫様のようだ。

　それとも、向こう見ずと言うべきか。

「王女様の妹君が、衛兵のかっこうでお出ましになるとはね。まして、自ら食事を運んでくださるとは、なんとも光栄なことだな」

　勇次郎は腕を組んだまま皮肉を込めて言ったつもりだが、彼女はハッとしたように、

「そうでした！」とトレイを二人のほうに押しやる。

「私ときたらまったく気が利かず……スープが冷めてしまわないうちに、どうぞお召し上がりください」

彼女は「素材の味を生かしたシンプルな味わいの豆のスープと、かみ応えたっぷりの頑丈なパンです！」と、にこやかに説明してくれる。

たしかに湯の中に豆が何粒か浮かんでいるスープと、見るからに干からびていそうなパンではある。

「それから、これも……こっそり、厨房から持ってきたのです」

彼女はローブのポケットから、布にくるまれたものを取り出す。それを広げると、チーズと干し肉が入っていた。反対側のポケットからは、リンゴが出てくる。

愛蔵が目を丸くして、プッと笑った。

「魔法使いのローブみたいだな」

「ごめんなさい、もう少しちゃんとした食事をご用意したかったのですが、牢番の目をごまかすためにやむを得ず……それに、お二方も知っておられましょうが、この街には食料があまり入ってこないのです……」

「……それは、姉君に訴えるべきことでは？　父王が健在だった頃は、衛兵を派遣して、街道に現れる魔物を退治していたのでしょう。今の王女様に替わられてからは、それも行われなくなったと街の者が嘆いておりましたが？」

勇次郎が冷静な口調で言うと、妹君は少し黙ってから辛そうに目を伏せた。

「そうです……なにもかも、おっしゃる通りなのです。私も姉に何度も討伐のための兵を送るように進言いたしました。ですが、姉は『かまわぬ、魔物など捨ておけばよい』と言うばかり……父の代から仕えてくれている忠臣たちの諫言にも耳を貸そうとはいたしません。それどころか、姉は私が大臣らと結託して、謀反を企んでいると……そのような大それた野望をどうして私が抱くなどとお思いになるのか……けれど、姉はすっかり誰のことも信じることができなくなってしまわれているのです……」

「貴女の権限で命じることはできなかったのですか？」

勇次郎がきくと、彼女は首を横に振る。

「無断でそのようなことをすれば、それこそ反逆の罪に問われましょう」

「けど、衛兵と一緒に俺たちを捕まえにきたよな？」

「姉君に命じられてのことだろ」

彼女のかわりに答えたのは勇次郎だ。愛蔵が眉をひそめ、「そういうことか……」と独り言のように呟いた。それから、「けど、なんでだ?」と納得できないように彼女にきく。

「なんで、わざわざ俺たちみたいなよそ者を、王女様が捕まえようとするんだ」

「それは……あなた方が、この国に言い伝えられる秘石を……手にした者の、ただ一つの願いを叶えることができるとされる秘められたあの石を、探しているからなのです」

彼女は憂いを含んだ目で二人を見る。勇次郎と愛蔵は互いを一度見てから口を閉ざした。あの伝説の石のことを聞きまわっているよそ者がいると、街の誰かが衛兵に告げ口をしたのだろう。それが王女の耳に届いたようだ。

（あの話は、街の人間なら誰でも知ってると思ってたんだけどね……）

知っていても語らぬように口止めされていたのか。街の住人からは、ほとんど話を聞くことができなかった。街の小さな図書館で見つけた書物に、少しばかりその名と由来が記されていたくらいだ。

あの時、書庫にしまわれていた本を見せてくれた老人が、『あんたの前にも、この本を見たいという若者がおったよ』と話していたことを思い出す。

それは、愛蔵のことだったのだろう。彼のほうが勇次郎より少し早く、この街に辿り着いていたようだったから。

「姉は石のことを探ろうとする者が現れたら、必ず捕らえよと」

「ってことは、以前にも俺たちみたいなコソ泥……」

愛蔵は言いかけて、「あっ、いや」と気まずそうに視線をそらす。

「コソ泥みたいなよそ者が、いたってことか？」

「ええ……毎年、十人くらいは……」

「十人⁉　あんな伝説を真に受けたやつが、世の中にはそんなにいんのかよ！」

「多い年では、五十人くらい……」

「ご、五十人⁉」

愛蔵は呆気にとられたように言ってから、自分の顔を手で拭う。そして、「ハァ～」とがっかりしたようにため息を吐いていた。

「なにかに踊らされてるような気がしてきた」

毎年、あの石を探し求める旅人や勇者やコソ泥が街にやってきては、こうして衛兵に捕らえられて牢に押し込められていたということだ。

(街の連中も話したがらないはずだ……)

うかつなことを漏らせば、自分たちも同じ末路だ。石のことを尋ねるものが現れれば、『知らんね、聞いたこともない』としらを切りながら、心の中ではまたかとうんざりしていたことだろう。

「で、貴女は毎年のように伝説につられてノコノコとやってくるよそ者を、姉君の命令で捕らえては牢に押し込んでいたというわけだ」

つい、棘を含んだ言い方になる。彼女は否定せず、膝においた手でギュッとロープをつかんだ。

「父がいた頃の姉は、とても思いやりの深い、心優しい人でした……姉とともにこの城で育った私は誰よりもそのことを知っています。なにをするにも一緒だったのですから。一緒に起きて、髪を結って……お揃いのドレスを選んで。姉はお庭のベンチに座って、よく本を読んでくれました」

「懐かしい……」と、呟いた彼女の表情がフッと和らぐ。

「一緒にこっそりお城を抜け出して、森にベリーを摘みに行ったこともあるのです。もちろん、大騒ぎになってしまって、お父様に叱られてしまったけれど……その時も、姉は責任は自分にありますと庇ってくれました。行こうと言いだしたのは私のほうだったのに。情けないことに、私はそのことをお父様に話すこともできず、ただ泣いていることしかできませんでした」

うつむいた拍子に、潤んだその瞳からポロッと滴が落ちる。

「姉が変わってしまったのは、父が亡くなってからなのです。王位を継いだ姉は、まったく別人のようになってしまいました……」

「……その理由を、貴女は知っているのですか？」

勇次郎がきくと、彼女は話すことをためらうように少しのあいだ沈黙していた。それから頰を伝う涙を手で拭って頷く。

「これから話すことは、どうか、お二方の胸のうちに秘めて、けっして誰にも漏らさないと誓っていただきたいのです。それならば、私もあなた方を信じて、私の知っていることをすべて……この国にもたらされた災いのもとについて包み隠さずお話しいたします。もちろん、嘘偽りも申しません。それを信じていただけるかどうかはわかりませんが」

「話すなというなら話さないけど、俺たちを信用していいのか？」

愛蔵が眉根を寄せたままきく。自分たちは素性の知れない旅人だ。

「それを聞いたからには、貴女の〝勝手なお願い〟とやらを、僕らに果たせということか」

勇次郎は最初に彼女が自分たちに言ったことを思い出す。

彼女は涙をグッと堪えて、真剣な表情で二人を見た。

「もし、断ったら、俺たちはどうなるんだ？」

そう尋ねたのは愛蔵だ。

「あなた方を牢からお出しすると、私は約束いたしました。それを違えるつもりはありません。けれど、その前に選んでいただきたいのです。なにも聞かずにこの街を出ていくのか、あるいはなにもかも知ったうえで、私の願いを聞き届けてくださるか」

「……相応の見返りは当然あるものと、思っていいと？」

でなければ、彼女の話を聞いてその願いを叶えたところで、徒労に終わるだろう。聞かなくても、この牢から出してもらえるのならそのほうがいいに決まっている。

彼女も同情だけで願いを叶えてもらえるとは考えていないはずだ。

麗しき乙女の涙にほだされて、己の勇敢さ、あるいは無謀さと正義を示すために、身の危険も顧みず試練に挑もうとする物好きも、この広い世界にはいるのかもしれない。

あるいはどこかの国の騎士ならば、そういったことに至上の喜びと誇りを感じることもあるのだろうが、あいにくと自分たち――少なくとも勇次郎は――そうではない。

自分の命をかけるべき価値のあること。それを決めるのは自分自身だ。

他人の願いにこの命と、この身を捧げようとは思わない。

彼女は勇次郎に覚悟を決めたような瞳を真っ直ぐ向ける。

「対価にはあなた方が一番、望むものを――」

『今宵、牢番に上等のぶどう酒を差し入れましょう。すっかり牢番が酔っ払って眠った頃を見計らい、牢を抜け出してください。西に茨の庭園があるのです。その入り口のそばの木に、お二人の靴を隠しておきます。目印には、赤いリボンを結んでおきましょう。庭園内にはいくつか石像があります。その一つが、隠し通路の入り口になっているのです。そこを抜ければ、城外に出られます』
『俺たちが抜け出す手引きをしたことがバレたら、罰せられるんじゃないのか？』
『時を見て、牢で小火騒ぎを起こします。あなた方はその騒ぎに乗じ、逃げ出したことに。

すぐに追っ手がかかるでしょうから、それほど猶予はありません。城を抜け出したら、あの聖堂に向かってください——あなた方から預かっているものはそこに。森を抜ければ、街を抜け出すことができましょう』

『で——僕らは、どこに向かえばいいわけ？』

『北を目指していただきたいのです。この国を囲む山々の中でも、天に届くほど高く険しい霊峰がございます。あなた方も、伝説を調べたならば知っておられましょう。雪に閉ざされているあの山の頂に巣くうドラゴンこそ、この国に災いをもたらし続けているのです』

『まさか、そのドラゴンを俺たちに退治してこい、なんて無茶なことを言うんじゃないだろうな？』

『そのまさかだと、申し上げたら？』

『『絶対、無理だ‼』』

夜が更けるのを待って勇次郎と愛蔵は、預かった鍵で鉄格子の扉を開く。

ロウソクの灯りが揺れている細い通路を通り抜けると、牢番は彼女が言っていた通り、酒瓶を抱えたままですっかり眠っていた。その腰から牢の入り口の鍵を抜き取って、音を立てないようにすぐに離れる。

外に出ると、小雨が降っていた。

城壁の上の松明が闇を照らし、そのそばで衛兵が見張っていた。

言われた通りに城の西に向かうと、壁に囲まれた庭園の入り口があり、そのそばの木に赤いリボンが結ばれている。愛蔵が身をかがめ、その木の根元を手で探った。

「あったか……？」

勇次郎が辺りを警戒しながらきくと、愛蔵は引っ張り出した靴を「ほらよ」と投げてよこした。愛蔵は自分の靴を見つけると、腰を下ろして急いで履く。

「……お前がやるって言うとは思わなかった」

愛蔵はおかしそうに言って立ち上がり、腰についた葉っぱを両手で払い落とす。

「……人助けのためじゃない」

勇次郎は自分の靴の紐をしばりながら答えた。

あのいかにも人の好さそうな妹君の言葉も、どこまで信じていいのか。これが罠ではないとも言い切れないだろう。生きて戻れたとしても、本当に石を渡すつもりがあるのか。

勇次郎は「行くぞ」と促して、扉の鍵穴に鍵を差し込む。それは、牢で妹君から預かったものだ。鍵が外れる音がしたため扉を押してみると、わずかに開いた。二人は顔を見合わせて、庭園に足を踏み入れる。

手入れをしていないのか、茶色く枯れ果てた茨と落ち葉が庭を覆っている。

それを踏みながら進んで行くと、白い石像が静かに佇んでいた。

獅子の像の足首に、先ほどと同じ赤いリボンが結んである。そばに置かれているカンテラも、彼女が用意しておいてくれたものだろう。

像の台座を二人で押すと、下から現れたのは階段の入り口だった。

愛蔵がカンテラに灯りを点けると、辺りがぼんやりと照らされる。

彼が先に階段を下りていくので、勇次郎もその後に続いた。


再びこの国にドラゴンが姿を現すようになったのは、父王が亡くなる少し前のことだと彼女は話していた。魔物が以前よりも頻繁に街道に出没するようになったのも、その頃からだと言う。

ドラゴンが北の山に飛んでいく姿を見た者がいると聞き、父王はそれを確かめるために衛兵を伴い山に向かったようだ。

けれど、そこでなにがあったのか——戻ってきたのは、負傷をした父王と、生き残ったわずかな衛兵だけだった。その傷がもとで、父王は病床に臥せるようになった。

『父はその時のことを、私にはなにも教えてくれませんでした。聞いたのは、おそらく姉だけでしょう。私は北の山でなにがあったのかを、どうしても知りたいのです！』

人一人が通れるほどの幅しかない石壁の通路を進みながら、勇次郎は彼女の言葉を思い出す。どこに通じているのか、通路は長く、その先はまだ続いていた。

「もしかしたら、昔の王様に退治されたドラゴンが復活したんじゃないのか？」

カンテラを掲げたまま歩いていた愛蔵が、ふと思いついたように振り返って言う。

「ドラゴンの体は砕けて、残ったのはあの石だけという伝説だろ」

ドラゴンが生き返ったなんて話は、どこの国でも聞いたことがない。

「じゃあ、ドラゴンの亡霊とか。退治された恨みで、また蘇ってきたんじゃないのか？」

「なんで、今さら恨みを晴らしに現れるんだ……退治されてから何百年も経ってるのに。それこそ、おかしいと思うけど？」

「急に思い出して、腹が立つってこともあるだろ？　何年も経ってから……」

真剣に考える気はないのか、軽く肩をすくめている。

勇次郎は聞いた自分がバカだったと、ため息をついた。

「どうせなら、俺のレイピアも靴と一緒に隠しておいてくれたらよかったのに」

（まったくだ……）

この通路を抜け出したところで、衛兵が再び待ち伏せしていないとも限らない。

『ドラゴンを退治してくれ、などと無茶なお願いをするつもりはありません。ただ、確かめてきてくださるだけでよいのです。あの山に、本当にドラゴンがいるのか——あるいは、そうではないのか。衛兵とともに向かった父になにがあったのか、それを知る手がかりにもなりましょう。それがわかれば、この国と姉を救う方法もわかるのではないかと、一縷の望みを抱いているのです。ただでさえ雪に閉ざされ、人の立ち入りを阻む険しい山。なにが起こるのかわかりません。命がけのことになるのは覚悟していただきたいのです。その見返りに、あの石は必ずお二方にお渡しします』

『いいのか？　この国のお宝だろ……そんな簡単に約束をして』

『唯一無二のものには違いありません。それでも、私にとってはただの石ですもの……姉やこの国の安寧より大事なものなど私にはありません。きっと、姉も……いつかもとの姉に戻れば、そのことを理解してくれるはずです』

通路がようやく行き止まりになったのは、かなり歩いてからだ。

カンテラの灯りで照らしてみると、細い鉄の足場が壁に埋め込まれていた。

愛蔵はカンテラを勇次郎に預けると、その足場を登って天井をグイッと押す。ギッと音がして開き、風が吹き込んできた。それが灯りを揺らす。

上がって外に出てみると、そこはあの廃墟となっている聖堂の祭壇だった。

「お前の予想は当たったってことか」

少し感心したように愛蔵が言う。

「オルガンの裏に隠し通路はなかったけどね」

「可能性の一つとして言ってみただけだ」


聖堂を出て裏庭に向かうと、二頭の馬が柵に繋がれていた。その背には二人の荷物と武器が括りつけられている。宿に残してきた勇次郎の弓もここにあるということは、彼女が誰かに取りに行かせたようだ。

愛蔵は白毛の馬の綱を外すと、鐙に足をかけて軽々と鞍にまたがる。

勇次郎はほどいた綱を握りしめたまま、荒い鼻息を吹きかけてくる青毛の馬にひどく不安な目を向けた。

「……なにやってんだよ？　グズグズしていると、また牢に連れ戻されることになるぞ？」

遠くから笛の音が聞こえてくる。おそらく、小火騒ぎが起こっているのだろう。自分たちが逃げ出したことがばれて、追っ手がかかるのも時間の問題だ。

愛蔵が手綱を引いて馬首をめぐらす。

「……どうしたんだ？　早く乗れよ」

「なに言ってんの？　絶対無理だし！」

「ハァ？　お前……もしかして、馬に乗れねーの？」

唖然として聞いてくる愛蔵を、なにを言っているんだとばかりに睨んだ。

「乗れるわけない。練習だってしてないのに。それに、馬に乗るって話も聞いてない！」

それがわかっていたら、この話は断っていただろう。馬が苦手なわけではない。その背中に自分が乗るのは無理だと思っているだけだ。

「俺に怒ってもしかたないだろ。今までどうやって、旅してたんだ？」

「馬車に乗せてもらったり」

勇次郎が笑顔で礼儀正しく頼めば、たいていの人は快く馬車に乗せてくれる。それが貴族や富裕な商人の馬車であれば、城や屋敷にそのまま招かれることも多かった。馬に乗れなくても、それほど困ることはない。

「贅沢者かよ！」

愛蔵は頭が痛いとばかりに額に手をやって、「ハァ〜〜」と深く息を吐く。

「お前にのんびり教えてやってる時間なんかないぞー」

「教えてくれなんて、誰も頼んでない」

勇次郎は憮然として言い返し、プイッと横を向いた。

（この馬……全然、言うことききそうにないし！）

気性が荒いのか、それとも機嫌が悪いのか、振り落とす気満々なのは一目瞭然だ。前足を威嚇するように踏み鳴らしている。

馬が歯をむき出しにして嘶いたので、ビクッとして一歩離れた。その拍子に思わず握っていた綱を放してしまう。

「しょうがねえなぁ……」

馬を下りた愛蔵がやってきて、青毛の馬の綱を拾った。それを、「持ってろ」と勇次郎の手に押しつける。

「僕は乗らないから。お前は……先に行けばいいだろ！」

「わかった、わかった。手綱、放すなよー」

軽くあしらうように言ってから、彼は勇次郎の後ろにまわった。

ヒョイッと荷物のように抱えられて、鞍の上に押し上げられる。

「…………っ‼」

体が揺れて落ちそうになり、勇次郎は咄嗟に綱を引いた。

青毛の馬が、ブルッと身震いして嫌がるように鳴く。

青ざめた勇次郎の口から、「ひっ！」と小さな声がもれた。

暴れる馬の首を、愛蔵は手慣れた様子でポンポンと叩く。すると、馬は気に食わなそうな態度を見せながらも足踏みをやめた。なぜ、彼の言うことなら大人しくきくのか。

「ほら、乗れただろ？　後は自分でなんとかしろよ」

「乗れてないっ！　乗せられただけだっ！」

怒って言った途端、青毛の馬が急に全力で駆け出す。

「う、うわあああ〜〜〜っ！！！」

手綱を必死に握りしめたまま、勇次郎は悲鳴を上げた。

近くまで衛兵が来ているかもしれない、なんて考える余裕もない。

「振り落とされるなよー。すぐ追いつくから」

「ふざけるなっ、絶対、一生、許さないからなっ‼」

勇次郎は強ばった顔で振り返り、笑顔で見送っている愛蔵に向かって叫んだ。

失敗だって
失格だって経験値

Act Ⅲ ～第三幕～
心配だって？
何回だって甦る

Act Ⅲ ～第三幕～

「だから、何度も言わせるな。そうじゃないんだよ‼」

練習室に怒声が響き、役者たちがビクッとしたように動きを止める。

演出家の大城戸先生と向かい合っているのは勇次郎だ。役者だけではなく、裏方のスタッフまでまたかというような顔になっていた。

立ち稽古に入って二週間経つが、勇次郎と大城戸先生は連日のようにぶつかり合っている。そのたびに稽古が中断してしまうため、予定よりもスケジュールが遅れていた。

自分の出番ではなかったため部屋の隅で見ていた愛蔵は、肩にかけたタオルで汗を拭いながら相方を見る。

「昨日とおっしゃっていることが違います。昨日は……っ」

「口答えはいいっ！　今、言われたことをしろって言っているんだ‼」

「それでは、どう演じていいのかこちらとしてもわかりません」

「生意気なやつだな。わかるまで、一人で練習でもしてろ!!」

大城戸先生は、「休憩だ、休憩！」と腹立たしげに言って練習室を出ていく。

「いつまで続くんだよ……」

愛蔵の近くにいた役者の男性がボソッと呟いた。

愛蔵と目が合うと、まずいという顔をしてそそくさと離れていく。

うんざりする気持ちはわからないでもない。稽古時間の大半は、勇次郎と大城戸先生の言い合いで終わってしまう。

勇次郎の演技は傍から見ていると完璧に見える。けれど、大城戸先生は納得しない。お互い意地になっているというのもあるのだろう。けれど、これではあまりにも理不尽だ。

勇次郎は自分のタオルを握りしめたまま、しばらくジッと下を向いていた。

愛蔵が大城戸先生になにも言われないのは、言っても仕方がないと思われているからだ。ようするに、すっかり見放されている。

最初の立ち稽古の日、『お前はもういいから、ダンスと歌だけやってろ！』と投げやりに言われ、それからまったく相手にされない。

愛蔵の台詞になると、『そこはいい。次のシーン』と飛ばされたこともある。それはそれで、なかなか辛いものがあるが、毎日怒鳴られている勇次郎のほうが心中穏やかではないだろう。人のいない自動販売機の前で、がぶ飲みしたジュースのペットボトルを、叩きつけるようにゴミ箱に放り投げたりもしていた。そうとう、怒りがたまっているはずだ。

（あいつがいつまで我慢できるか……だよな……）

大城戸先生と勇次郎の我慢比べにすっかりなってしまっている。どちらかが根負けするまで続くのだろう。ただ、このままでは、まわりの役者やスタッフの苛立ちも大きくなり、勇次郎に対して不満が出そうだ。

勇次郎が折れて謝れば、とりあえず大城戸先生の機嫌は直るのだ。我を張りすぎれば、まわりに迷惑をかけることにもなる。愛蔵ですら、勇次郎が意固地になっているように見えるのだから、ほかの人たちからすると余計にそう思えるだろう。

現場の空気も雰囲気も最悪でピリピリしているからか、スタッフたちでさえ些細なことで苛立っている。このままでいいはずがない。なんとかしなければならないが、解決策が見いだせなかった。

大城戸先生にまったく相手にされていない自分がなにを言っても無駄で、まともに取り合ってはもらえない。

（勇次郎に言っても聞くわけない……よな……）

演技指導すらしてもらえないのに、勇次郎の心配をしている場合ではないだろう。

勇次郎のことは、勇次郎に任せる以外にない。

愛蔵は眉間に皺を寄せたままフイッと相方から目を背け、黙って練習室を出る。

この場にいるのは、息が詰まりそうだった。

それに、愛蔵自身、人のことを気にしていられない理由がもう一つあった――。

「はいっ、ストップ！」

歌とダンスのレッスンで、指導の池崎先生がパンッと手を叩く。『わかっているよね』と言うように先生が愛蔵を見た。

「すみません……もう一回、お願いします」

愛蔵はうなだれて、ギュッと目を瞑る。

「愛蔵君、さっきから五回目だよ。いい？　これ、ミュージカルなの。ただ、歌えばいいってものじゃない。わかる？　台詞と同じで感情をのせないと聞いている人たちに、なにも伝わらないでしょ」

池崎先生は愛蔵の前にやってくると、腰に手をやってジッと見つめてくる。

「はい……やり直します……っ」

「わかってないなら、何度やっても同じだよ？」

愛蔵は視線を落として、「はい……」と力のない声で再度返事した。まわりの視線が痛い。この通り、池崎先生に毎回注意されているのは愛蔵だ。かわりに勇次郎は歌とダンスではほとんど言われない。演技指導の時とは反対だ。もっとも、勇次郎がなにも言われないのは、言うことがないからだろう。演技指導で見放されている自分とはまったく違う。歌には自信があっただけに、これだけダメ出しされると凹みそうになる。

(俺、完全に足引っ張ってんじゃないか……？)

下を向いて考えていると、「真面目に聞いてる？　愛蔵君」と不機嫌な先生の声がした。パッと顔を上げて、「き、聞いてます！」とあわてて答える。

「じゃ、今のとこ、どういう感情で歌ってるのか言ってみて」

(えっ……どういう⁇)

楽譜を見ようとすると、「やっぱり考えてない」と先生が呆れたように言う。

「そこに込める感情によって、歌い方は変わるでしょ？　台本をしっかり読んで、ちゃんと歌詞を把握して、意味を考えて、どういう感情が込められているか理解していれば、今みたいな歌い方には絶対ならない。今のあなたの歌い方は、ただ上手に歌ってるだけ。ここでほしいのはそれじゃないの」

腕を組んでいる先生の顔をまともに見ることができないまま、「はい……」と繰り返す。歌詞も台本もしっかり読み込んできたはずなのに、理解が浅いということなのだろう。

「あと、声が伸びてない。あなたはもうちょっと歌えるはずだよ？　だから言うの。主演なんだから。そこ、忘れないで」

「すみませんでした……もう一回……」

「今日は何度やっても時間の無駄。次までの課題だから、やってきて」

先生は愛蔵に人差し指を向けて言い、パンッと手を叩く。

「じゃ、続きから！」


（き…………厳しい…………）

稽古が終わった後、愛蔵はジャージ姿のまま廊下のベンチに座っていた。

横の自動販売機で買ったコーヒーをあける気力も残っていない。

（俺、なんにもできてねー……足引っ張りまくりだろ……）

額を手で拭ってから、疲れたように息を吐く。まだ稽古を始めて二週間ほどとはいえ、この調子でやっていても、まともに舞台に立てるとは思えなかった。

来週には写真撮影もある。今月中には告知されるだろう。ファンのみんなも、ＬＩＰ×ＬＩＰの初舞台ということもあって注目してくれるはずだ。それなのに、無様な演技や歌で失望されたくはない。絶対に成功させたいし、観に来てくれる人たち全員に喜んでほしい。最高の舞台だったと感動させたくもある。けれど、今のままでは、しくじって大恥をかく自分の姿しか浮かんでこなかった。

(勇次郎もあの通りだし……大丈夫なのかよ……)

こんなところで座り込んでいても、なんにもならないことはわかっているが、不安とプレッシャーで背中が重い。

ライブでファンの人たちが応援してくれて、アイドルだからと騒がれて、それなりに仕事もこなしてきて、今まで順調だっただけに、初めての舞台でもなんとかなるのではないかと、多少楽観的に考えていたところもあったのだろう。思いっきり、横っ面をはっ倒されたような気分だった。そんなに甘いものではなかった。

どうすればいいんだと途方に暮れていると、話し声が耳に入る。更衣室から出てきたのは、王女役の井野川梨乃と、その妹役の倉下葵だった。

二人とも着替えて帰るところなのだろう。雑談をしながら笑っている。

稽古中も一緒にいるところをよく見かけるから仲がいいようだ。

梨乃は小学生の時に子役としてデビューし、映画やドラマにも多数出演している俳優だ。舞台の経験も今回が初めてではない。今は大学に通いながら、仕事をしているようだ。

普段はおっとりしていて、気が弱そうな性格なのに、役に入った途端、表情も雰囲気も、言葉遣いも一変する。

今回の舞台では王女の役だが、その傲岸不遜な態度や横柄な言い方はほとんど別人のようだった。勇次郎との緊迫感のある掛け合いのシーンでは、あの大城戸先生すら難癖をつけられなくて、ただ黙って見ていた。

二人はベンチに座っている愛蔵に気づくと、「あっ」というように立ち止まる。

梨乃はオロオロして、葵の後ろに素早く隠れていた。

(ほんと、役の時とは全然、違うよな……)

「お疲れ様です……」

愛蔵がおずおずと声をかけると、二人はなぜかビクッとする。

「お、お疲れ様です……」

梨乃を庇うようにしながら、葵が挨拶をした。梨乃も「お疲れ様です……」と蚊の鳴くような声で言って会釈する。稽古の時には、あんなによく通るはっきりとした声なのにだ。

二人とも愛蔵から距離をおくようにジリジリと後退している。

サファリパークでライオンに出会ってしまった時のような反応だ。どうも、あまり好意的には思われていないらしい。

「梨乃ちゃん、行こうっ！」

「う、うん……」

葵に手を引っ張られた梨乃は、愛蔵にペコッと頭を下げる。

立ち去ろうとする彼女を見て、愛蔵は咄嗟に腰を浮かせた。

「井野川さん!」

急に名前を呼ばれてびっくりしたのか、「ひゃっ!」と梨乃が小さな声をもらす。

「梨乃ちゃんに、なんの用ですか⁉」

「あ、いや……そんな、警戒しなくても……俺、なんにもしないけど……?」

葵は怯えている梨乃をギュッと抱いて、不審そうな目をジロジロとこちらに向ける。

「わかってますよ。梨乃ちゃんを誘うつもりですね⁉ ダメですからっ。私たち、これからがっつりニンニク料理を食べに行くんですっ!」

愛蔵は目が点になり、「へ……?」と間の抜けた声をもらした。

(もしかして、俺……ナンパみたいなことをしようとしてると思われてんのか?)

「全然違うって。いや、ほんと……すげー誤解だから!!」

焦って両手を上げながら、大きく首を振る。「近づかないでくださいっ!」と甲高い声で叫ばれて、踏み出そうとした足が止まった。

「知っているんですからね。あなたの噂は、色々と耳に入ってくるんです。共演者の女の子を続々と口説き落としているって有名なんですからっ!!」

(俺が……? 共演者の女の子を続々と……? ど、どの俺が……?)

『今夜は君を迎えに行ってもいいかな？　ハニー♥』

ニコッと微笑んで、共演者の女子に壁ドンをしている自分の姿が頭に浮かぶ。

「ハァ〜〜〜〜〜っ!?」と、愛蔵は思わず大きな声を上げた。

三秒ほど考えてみたが、まったく心当たりがない。

今まで、たしかに共演した女子は何人かいたが、挨拶や当たり障りのない会話をした程度だ。勘違いされるような態度を見せたことは、誓って一度もない。

そもそも、女子は苦手で仕事以外では関わりたくなかった。誘いたいなんて思うはずもない。それなのに、なぜそんな噂が自分の知らないところで広まっているのか。

「それに、中学の頃から、色んな女の子と遊び歩いていたとか！　あなたに泣かされた女の子が山ほどいるって、ほかの学校の子から聞いたんですから!!」

(それは、絶対に俺じゃね〜〜〜〜〜っ!!)

中学の頃の自分は遊び歩くどころか、女子との会話を避けていたし、デビュー前は学校でも不機嫌で近寄りがたい人と思われていたのだ。恋愛したいとも思わなかったし、つき合った相手などもちろん一人もいない。誰かと勘違いされているのは間違いないだろう。

そして、その誰かには心当たりがありすぎた。

噂の元凶は〝あいつ〟しかいない──。

まったく心外な話だが、自分はどうやら共演者や学校の女子に手を出しまくっている軽薄男子と密かに思われているらしい。噂だから、誇張もされているのだろう。

なんてこったと、立ちくらみしそうになって手の甲を額に当てる。

「いや……あの……えっと……それ、すげー勘違いされてると思うんだけど……」

「じゃあ、なんなんですか!?」

葵はすっかり不審人物を見るような目になっていた。

愛蔵は疲れたようにため息を吐いて、葵の後ろに隠れている梨乃に視線を移す。彼女はビクビクしたように、顔を覗かせていた。

「俺、恥ずかしいんだけど、今回の舞台が初めてで、全然わかんなくて……」

愛蔵は頭の後ろに手をやりながら、上手く伝わるように言葉を探す。本当はこんなこと、共演者に頼むことではないだろう。けれど、ほかにどうしていいのか──。

「井野川さんは舞台経験もあるし、演技もやっぱりめちゃくちゃ上手いから……台本の読み方だけでも、俺に教えてくれませんか!?」

思い切って頼むと、二人はびっくりしたように目を丸くする。彼女がいつもどんなふうに台本を読み込んでいるのか、それだけでもわかれば参考になる。

「そんなこと言って、ナンパの口実でしょう！」

葵がビシッと指を突きつけながら、突っぱねるように言った。

愛蔵は「いやいやいや、違うって。本当！」と、焦って首を横に振る。

「……勇次郎君には……頼まないんですか？」

おずおずと口を開いたのは梨乃だ。

愛蔵は彼女の顔を見てから、その視線を自分の足もとに落とす。

「……あいつは……今、それどころじゃなさそうだから……」

とてもではないが、頼めるような雰囲気ではない。それに、そんな余裕もないだろう。

稽古の前も後も、休憩中も、勇次郎とはほとんど話をしていない。事務所の休憩室でも、送迎の車内でもお互いに無言だ。

「とにかく、ダメですっ！　ほかの人に……っ」

葵が「行こう！」と、梨乃の手を強く引っ張る。けれど、梨乃はその手を解いて、遠慮がちに前に出てきた。

「…………いいですよ」

「ほ、本当に……!?」

愛蔵がきき返すと、梨乃は視線を合わせないままコクンと頷いた。それから、恐る恐るというように上目づかいでこちらを見る。

「そのかわり、私からも愛蔵君にお願いが……ダンスを教えてもらえませんか？」

「ダンス……？」

「私、恥ずかしいんですけど……全然、できなくて！」

梨乃は赤くなった自分の顔を両手で隠して言った。

（そういえば、井野川さん……何度も先生に注意されてたよな）

ダンスがまわりと合わなくて、ステップも何度も踏み間違えていた。

愛蔵は歌に関しては注意されることが多かったけれど、ダンスはなにも言われていない。合格点はもらえているのだろう。

「愛蔵君はダンスがお上手で、どうやったらそんなふうに踊れるのかなってずっと見てたから……お願いしますっ！」

梨乃は手を前で揃えて、バッと頭を下げる。

（あんなにすごい演技ができる人なのにな……）

みんなそれぞれ得手不得手があり、それをなんとか克服しようと奮闘しているのだ。

自分だけができなくて悩んでいたわけではない。それがわかったことで、少しだけホッとした。

話してみなければ、わからないものだ。

「あっ、それなら、私にも教えてほしいっ！」

葵が急いで手を挙げ、「ついでに……」と多少気まずそうに肩をすくめた。どうやら、ダンスで苦戦していたのは彼女も同じらしい。

「わかったっ！　二人まとめて教えるよ」

愛蔵は「協力し合ったほうがいいもんな」と、笑顔で答えた。

これは、自分たちだけの舞台ではない。全員が一丸となって作り上げる舞台だ――。

翌日、稽古の途中で衣装係の女性に呼ばれた愛蔵は、練習室の隅に移動する。衣装の手直しをするためだ。帽子の飾りの位置を調整してもらっているあいだ、稽古中の勇次郎に目をやる。

廃墟となった聖堂で、勇次郎と衛兵の隊長の男性が言い合う場面だ。

周りの役者やスタッフたちは感心しきったようにそれを見守っている。

二人のテンポとリズムのいい掛け合いは、このシーンの見せ場でもある。この後、愛蔵の登場シーンもあるが、そこまで進むには時間がかかりそうだった。

「それは、この街の方々も不安でございましょう。この街では、なぜか夜な夜な魔物も出没するようですし……しかし、こうして衛兵の皆様が警備に当たってくださっているのですから心強い……早くそのコソ泥とやらも、捕まるとよいですね」

「ほぉ、では貴様らは、自分たちはそのコソ泥ではないと？」

「滅相もございません！　我らは街から街へと渡り歩き、拙い歌と踊りでわずかばかりの日銭を稼いでおりますただの旅芸人。小心者ゆえ、盗みなどという大胆な悪事を働いたことなどただの一度もございません。お疑いとあらば、どうぞ存分にお調べを。なにもやましいところはないと、この身の潔白が証明されましょう！」

「よくも白々しい嘘を。では、その腰の武器はなんだ？　旅芸人には不相応な代物に見えるがな」

「旅には危険がつきもの。それは街の治安を守っておられる皆様方もよくご存じのこと。夜道を歩けば、野盗に野獣、魔物に出くわすこともしばしば。我が身を守るために、護身用の武器の一つや二つ、旅をするものならば持ち歩いているもの。それに、我らは芸を生業としておりますが、護身術はさほど得意ではございません。剣術を習ったこともなければ、師がいるわけでもなく、見よう見まねで振り回すだけの素人同然。彼のその腰の剣も、ただ見栄でぶら下げているだけの飾り物。私にいたっては、剣すら持ち合わせておりません」

　勇次郎は長い台詞なのに、少しもつっかえたり、間違えたりしない。一度もだ。流れるように、スラスラと台詞が口から出てくるようで、その歌っているかのようなリズムが、心地よくすらある。ほぼ完璧なのに大城戸先生は気に入らないらしく、イライラしながら握っていた扇子で椅子の肘掛けを叩いた。

「誰に向かって言っている台詞だ。速く言えばいいというものじゃないだろう！」

大城戸先生の大声にびっくりして、衣装係の女性が裁縫箱を落とす。それを、あわてて拾っていた。

傍で見ている王女役の梨乃も、妹役の葵も、顔を強ばらせている。スタッフたちは、一瞬動きを止めていたが、すぐに自分たちの仕事に戻っていた。

稽古で勇次郎と大城戸先生が衝突するのはいつものこととはいえ、今日はひどいように思える。このシーンをやり直すのも、何回目かわからない。もう、かれこれ二時間はやっているだろう。そのあいだ、勇次郎は同じ台詞を何度となくやり直しさせられていた。言い方を変えても、演じ方を変えてもＯＫにはならない。さすがにキツいのか、顔に疲労の色が浮かんでいる。

「もう一回やり直せっ！」

怒鳴られて、勇次郎と衛兵の隊長役の男性はそれぞれの立ち位置に戻る。

「それは、この街の方々も不安でございましょう。この街では、なぜか夜な夜な魔物も出没するようですし……しかし、こうして衛兵の皆様が警備に当たってくださっているのですから心強い……早くそのコソ泥とやらも、捕まるとよいですね」

「ほぉ、では貴様らは、自分たちはそのコソ泥ではないと？」

「滅相もございません！　我らは街から街へと渡り歩き、拙い…………っ」

勇次郎は口もとにパッと手をやる。台詞に詰まったのはこれが初めてだ。

その瞬間、「やる気があるのかっ!!」と大声が飛んでくる。

大城戸先生がバンッと床に扇子を叩きつけた。

二時間、ずっと立ちっぱなしで稽古をしている。そのあいだ、休憩もほとんどしていない。

（あのおっさん…………いい加減にしろよ…………っ）

愛蔵はグッと歯を食いしばり、足を踏み出そうとした。

思いとどまったのは、「すみません」と勇次郎が頭を下げたからだ。

「もう一度、やります……」

「お前はその程度か。出直してこいっ!!」

大城戸先生が吐き捨てる。練習室から出て行けということなのだろう。

勇次郎は唇を一文字に結ぶと、出入り口に向かって歩き出した。

（勇次郎…………）

愛蔵は脱いだ帽子を衣装係の女性に渡し、「すみません、ちょっと抜けます」とことわってから急ぎ足で後を追いかけた。

薄暗い廊下で勇次郎に追いつくと、「おいっ！」とその腕をつかむ。

勇次郎は立ち止まったが、振り向かず無言のままだった。

愛蔵自身、なにを言うために追いかけてきたのかわからなくて沈黙する。

ただ、相方として——あのまま放っておくわけにはいかないと思ったのだ。

「だ……大丈夫か？」

「………なにが？」

感情を全部、無理矢理に抑え込んだような低い声だった。表情も見えない。

愛蔵は言葉を探しながら視線を下げる。廊下を照らす蛍光灯がパチッと点滅した。

「人のことより、自分のこと心配してなよ……」

勇次郎は愛蔵の手を振りほどいて、立ち去ろうとする。

愛蔵は拳を強く握ってから、「なぁ！」とその背中に声をかけた。

「もう、降りようぜ！」

気づいたら、そう口から出ていた。勇次郎の足がピタッと止まる。

「だってさ。あのおっさん、無茶苦茶だろ！　ついていけるかよ……」

途中で役を降りるなんて無責任かもしれない。スタッフやほかの役者たち、関係者全員に迷惑がかかる。けれど、我慢にも限界というものがあるだろう。

社長や内田マネージャーの耳にも入っているらしく、先日、社長室に呼ばれて事情を聞かれた。その時、『あんまりひどければ、言ってちょうだい。こちらとしても黙っていないから』と、きっぱり言われたのだから、降りると言っても社長と内田マネージャーは反対しないはずだ。

今なら、まだ降りられる。いや、今、決断しなければ、本当に最後までやるしかなくなる。役目を果たしたかったが――ここが引き際だろう。

勇次郎は足の向きを変え、ゆっくりと振り返った。

練習室から聞こえてくるスタッフの声が、廊下にいる二人には遠く聞こえる。

「…………もう、いいんじゃねーの？」

勇次郎と距離をおいて向き合っていた愛蔵は、視線をわずかに下げて言った。相方が頑固なのも、負けず嫌いなのも知っている。自分から折れたくないと思っていることも。

「降りたいの……？」

そうきかれて、愛蔵は視線を戻した。

勇次郎の揺らぎのない静かな目が、こちらに向けられている。

「これ以上無理だろ……どう考えたって……」

「いいよ。愛蔵は降りなよ。けど、僕は降りない」

「……っ！　なんでだよ！　お前だって、あのおっさんが理不尽なこと言ってるのはわかってんだろ。言いがかりつけられて、怒鳴られて、続けることになんの意味があるんだよ。

全然、ないだろ！　あのおっさんは、絶対に俺たちを認めない。最初っから気に入らないからだっ！」

苛立って張り上げた愛蔵の声が廊下に響く。

――無意味だ。

踏みつけられて、傷つけられて、それでも戦う理由がどこにあるのか。その先にはなにもない。この舞台を成し遂げたとしても、自分たちの手の中には、なにも残りはしない。

「なんで、そんなに意地を張ろうとするんだ。諦めるほうが正しいことだって……っ！」

「今ここで引いたら、あの人の言葉は正しかったと、認めることになるからだっ!!」

遮るように、勇次郎が強く言い放つ。

怒鳴られることよりも、踏みつけにされることよりも、それが一番耐えがたい屈辱なんだと、その瞳が強く訴えてくるように思えた。

愛蔵は言葉を失い、相方を見つめ返すことしかできない。

「……けど、これは僕がそうしたいだけだから……愛蔵が嫌なら無理につき合わなくていい。それが、正しいと……僕も思う」

勇次郎は視線をわずかに下げて言うと、足の向きを戻す。もう愛蔵のほうを見ようとはしなかった。

（そうだ……そうだよな……お前は………）

ただの頑固者じゃない。相当な頑固者だ。絶対に意志を曲げない。

そういう相手だと、よくわかっていたのに——相方の我の強さを、見誤っていた。

何日かぶりに学校で授業を受けた後、愛蔵は馴染みの森田楽器店に向かった。今日は内田マネージャーが休みにしてくれたため、レッスンも仕事もない。店主の森田さんから借りている練習室で台本を読もうと思い来てみたが、店の横の細い階段を上がって部屋のドアを開くと、中からピアノの音が聞こえてきた。

どうやら、先客がいるらしい。この部屋はデビュー前から愛蔵が使わせてもらっているが、ピアノがあるため勇次郎も度々訪れては勝手に練習している。勇次郎の家にはピアノがないから、練習する場所がここくらいしかないのだろう。

（この曲って……俺が歌うシーンの曲……）

廃墟となった聖堂で、勇次郎のオルガンに合わせて五分ほどの歌を独唱することになっている。この場面は愛蔵の見せ場でもあるが、長いこの曲を一人で歌うというのは相当なプレッシャーでもあった。支えてくれるのは勇次郎の伴奏だけだ。

しかも、今の自分は歌のレッスンでもまったく合格がもらえていない。稽古後、特別にレッスンをしてもらっているが、『今のままではとても、舞台の上で歌わせられない』とはっきり言われている。観客全員を自分の歌で引き込まなければならないのだ。ごまかしはきかない。

下手くそな歌い方をすれば、場面全体が台無しになり、舞台の評価にも関わるだろう。それを考えると気が重くて、レッスンのたびに増えていく課題を抱えたまま、途方に暮れている状態だった。

勇次郎も舞台の上で演奏を披露することになっているから、こうして練習しているのだろう。ただ、相当、稽古での苛立ちがたまっているのか、音が尖って聞こえる。いつもはもっと丁寧に弾くのに、今日はやけにテンポが速く強めの音だ。

中に入っていくのもためらわれて、愛蔵はドアの横に腰を下ろす。

壁にもたれながらもれてくるその音に耳を傾けていると、自然と歌を口ずさんでいた。

微かな声なので演奏している勇次郎には聞こえてはいないだろう。

「ほんと……どうしようもないよな……」

愛蔵は下を向いて、ポツリと呟く。

どうすることが正しいのかなんてわからない。けれど、今ここで戦わずに、勇次郎を置き去りにして逃げたら、この先、ずっと後悔することになる。

そんな卑怯者には、絶対に、なりたくない――。


勇次郎と顔を合わせないまま、練習室のドアをそっと閉めて外階段を下りる。

店に入ると、森田さんは出かけているのか、姿はなかった。相変わらず暇な店だから、お客さんもいない。

愛蔵はいつものようにカウンターに入り、椅子に腰を下ろす。中学の頃から、よく店番を頼まれていたし、勇次郎に練習室を乗っ取られている時はここで時間を潰している。

バッグから付箋だらけになっている台本を取り出して読み始めた。けれど、あまり頭に入ってこず、数ページ読んだだけでカウンターに突っ伏す。

「どうすりゃいいんだよ～～～っ」

そんな苦悩の声が思わず口からもれた。勇次郎は『撤退はない』とはっきり意思表示した。ということは、どんなことがあろうとも舞台をやり遂げるつもりなのだろう。

(あの、意地っ張りめ…………っ！)

つき合わされるこちらの身にも、多少はなってほしいものだ。

(俺だけ、やめられるわけないだろ……っ)

　こうなったからには腹を括るしかない。泣き言を言っている時間は少しもない。やれるだけのことを、やるしかない。とはいえ、今の自分は歌は不合格、演技も不合格。唯一、できているのはダンスだけというていたらくだ。

　ろくな武器も装備もなく、凶暴なドラゴンに立ち向かっていくような心境だった。

『愛蔵君は、無理に演じようとしなくてもいいんじゃないでしょうか？　そのままの愛蔵君でもいいと思いますよ？』

　先日、台本の読み方を教わった時、梨乃に言われたことを思い出す。

（それ、勇次郎にも最初に言われたよな……）

　台本をもらって、幸大がアルバイトをしている喫茶店で初めて目を通した日のことだ。

自分のままでいいと言われても、それがどういうことなのかよくわからない。

『難しく考えなくても、もっと肩の力を抜いて、役を楽しめばいいと思うんです』

（役を楽しむ……か……）

　愛蔵はムクッと体を起こして、再び台本の続きを読んでいく。

　梨乃と葵に教えてもらったアドバイスが、余白にびっしりと書き込まれていた。

『私、この台本を読んだ時に、愛蔵君の役ってとっても楽しいなって思ったんです。人情があって、共感しやすくって、ちょっとおっちょこちょいなところもあるけど、いざとなるとすごく頼りになって、かっこよくて、面白いなって。観客は誰もが思うんじゃないでしょうか。それがもっと出るといいんじゃないかなって……』

『うん、愛蔵君は舞台は初めてって言ってたけど、台詞のテンポは悪くないし、声もよく通るから聞きやすいよね。焦って台詞を噛んじゃうところとか、早口になっちゃうところを注意すればいいんじゃないかな。それに、リアクションはもっと大げさなくらいでもいいよ』

『そうね。普段の動きよりも大きく動かないと、舞台では観客に見えないんです。勇次郎君もそうでしょう？　いつもより、動作が大きくないですか？』


（そういえば、そうだったよな……）

どう振る舞えばいいのかわからなくて、台詞を間違えずに言うことばかりに気を取られていて、動きにまで気が回らなかった。もっと、思い切って動いてみればいいのかもしれない。舞台を小さく見せないことが大事だと、梨乃も話していた。


「俺のままでいい、か……」

呟いて考え込んでいると、頭の上になにかがポンッとおかれる。

「わっ、熱っ！」

焦って両手で取ると、たこ焼きのパックだ。後ろに立っていた森田さんがニカッと笑う。

「練習室、勇次郎君が来てるぞー」

「知ってる……だから、ここにいるんだよ」

頬杖(ほおづえ)をつきながら、「いただきます」とパックを開く。焼きたてなのか、たこ焼きの上で鰹節(かつおぶし)がフワフワと踊(おど)っていた。

森田さんが、「なんだ、勉強中か？」と横から台本を覗(のぞ)き込む。

「ほぉ、今度は舞台(ぶたい)をやるのか？」

「そう、しかもミュージカル」

「いいじゃないか。楽しくて」

「楽しいならいいけど……全然、わかんないんだよ。悪戦苦闘(あくせんくとう)中」

愛蔵はパクッとたこ焼きを頬張った。「熱っ」ともらし、思わずハフハフと息を吐(は)く。

「何事にも初めてってやつはあるもんだ。まあ、いつもの愛蔵でいいんじゃないのか？」

「それ、言われんの三回目……」

愛蔵は森田さんを見てから、ため息を吐いて顔をしかめた。

「面白いやつでいいってことだろ？」

「それだけ？　というか、俺、面白いやつじゃないけど」

「十分、面白いと思うぞ」

腕を組んでいた森田さんは、『なにを言ってるんだ』というように眉間に皺を寄せる。

「どこが⁉」

「困ったやつだな〜。まわりにきいてみればいいだろう？　みんな、そう言うと思うぞ？」

「今回はコメディじゃないし。笑えるような舞台じゃないんだって！　森田さんは、知らないから簡単に言うけどさ。ほんと、絶望的な雰囲気なんだよ……」

あのピリピリとした稽古の雰囲気の中で、面白おかしく振る舞う度胸はさすがにない。少しでも笑わせようとすれば、大城戸先生が鬼の形相になって、「出て行け！」とドアを指さすに決まっている。

「俺は舞台のこともミュージカルのこともわからんが……客を泣かせたり、感動させたり、そういうことも大事だろうけど、笑わせたり、楽しませたりすることだって、同じくらい大事だろう。愛蔵にはそれができるんじゃないのか？　お前はアイドルで、エンターテイナーなんだ」

森田さんは笑って、「ようするに、いつもの自分の仕事をすればいいってことだ」と愛蔵の頭をポンポンと叩く。

「たこ焼き、もう一パックあるから、勇次郎君のところに持っていってやれ」

「えー……俺が？　森田さん、持っていってほしいんだけど！」

「それが相方の役目だろ。俺はこれから、寄り合いがあるから忙しいんだ～。あっ、まだいるなら店番よろしくな～」

森田さんは口笛を吹きながら、上機嫌に奥の事務所に戻っていく。

（寄り合いって……また飲み会かよ。しかも！　アイドルに店番頼むなっての！）

ファンの子たちに知られたら、この店にも立ち寄り難くなってしまう。できれば、秘密にしておきたい場所なのだ。

愛蔵はカウンターにおかれた袋を見る。仕方ないと、ため息まじりに立ち上がった。

勇次郎にたこ焼きのパックを押しつけ、ろくに会話もしないまま店に戻ってきた愛蔵は、カウンターの椅子に腰をかけて台本をめくる。

自分が演じる役は、手にしたものの願いを一つだけ叶えてくれるという宝石を探している旅人だ。そして、ドラゴンの伝説が残るこの街に辿り着く。

それが物語の始まりだ――。

物語の中で演じる〝彼〟は、自分が追い求めているものは、夢物語の中にしかないもので、本当はこの世界のどこにも存在しないのではないかと、心のどこかで思っていたのではないだろうか。

自分の願いは叶わないもので、それも仕方ないのだと諦めようとしていたのかもしれない。それほど、彼が探してきたものは、不確かなものだった。

わずかばかりの情報を頼りに街に辿り着き、同じように石を探している旅人がいるということを街の人から聞く。その相手が、どういう理由で石を探しているのかはわからない。けれど、それを知った時、〝彼〟は嬉しかったのではないだろうか。

初めて出会った、同じ目的を持つ相手だったから——。

それなのに、出会った時の印象は最悪で、すぐに言い争いになってしまう。そんなところも、自分と勇次郎との出会いと同じで、読んでいるうちに笑いそうになった。

二人は、石を手に入れるために、けっきょく協力し合うことにするのだ。

勇次郎演じる相方に出会ったことで、〝彼〟は自分が探してきたものが、たしかにこの世界のどこかにはあるのだと、信じられるようになったのかもしれない。

相方が、どんなに困難が立ち塞がろうとも、信念を曲げることなく、『それはある』と信じて、進んで行こうとするから。

　本当に、自分たち二人のようだ――。

　愛蔵はそんなことを思いながら、ふと台本から顔を上げる。

（ああ、そうか……そうなんだ………）

　難しく考えることなんて、一つもなかった。

　無理にべつの誰かになろうとする必要はない。演じようとする必要もない。この台本の中に描かれているのは、ほかの誰かではなく自分自身だ。

（俺でいいんだ……俺のままで……）

　勇次郎や梨乃、そして森田さんに言われた通りなのだろう。誰かになりきるほど、今の自分に演技力があるわけではない。なら、自分自身をこのまま、物語の中に放り込んでしまえばいい。彼は自分だと思えばいい。そう思った瞬間、台本の中に書かれている〝彼〟の台詞の意味も、行動の理由も全部繋がって、自分の中にストンと入ってくる気がした。

「俺、できるかも……っ！」

　そんな声が思わず出て笑みがこぼれる。

　立ち上がって台本をつかむと、リュックの中に急いで押し込んだ。

「愛蔵、悪いなぁ。すっかり盛り上がって……じゃない、議論が白熱しちまってなぁ」

赤ら顔の森田さんがようやく戻ってくると、「ごめん、森田さん。また来る！」とだけ言って店を飛び出した。


探し続けていた現状を変える突破口が、ようやく見えた気がした。

すっかり暗くなり星が瞬いている空を見上げていると、外階段をトントンと下りてくる音がする。今まで練習室にこもっていたのだろう。ズボンのポケットに片手を入れたまま、勇次郎は店の前にいる愛蔵に気づいて足を止める。

階段の途中で見下ろしている相方を、愛蔵は少しのあいだ黙ったまま見上げていた。

「本当は……俺が、逃げ出したかったんだ……」

視線を下げて告げた言葉を、勇次郎は黙ったまま聞いている。

もうできないと諦めて、放り出してしまうほうがずっと簡単で、楽だから。

でも――。

冷たい風が少し長めの愛蔵の前髪と、後ろで結んだ髪を揺らした。

すっきりした顔で勇次郎を見ると、拳を作って真っ直ぐ突き出す。

「逃げてたら、ほしいものは手に入らないよな」

愛蔵は『そうだろ？』と、ニッと笑う。

勇次郎は少し驚いたように目を見開き、階段を下りてきた。隣に並ぶと、スッとその視

線をこちらに向ける。

「……今頃、気づいたの?」

「悪いかよっ!」

下を向いた勇次郎の口から、「クッ」と笑う声がもれる。稽古が始まってからずっと、勇次郎の険しい表情ばかり見てきたから、笑った顔を見るのは久しぶりだ。

勇次郎は口もとに手をやり、「しかも……っ!」と小刻みに肩を揺らす。

「なんで……っ、拳突き出して、かっこつけてんの?」

「いいだろ……っ! 決意だよ、決意表明!」

赤くなって歩き出した愛蔵の横で、勇次郎はツボにはまったのか笑い続けていた。

勇次郎は、自分のことは絶対に自分でどうにかする。

だから、信じて任せていればいい——。

(そうだ。俺は俺で……やらなきゃいけないことがあるんだ……)

勇次郎と駅で別れた後、愛蔵は閉店間近の書店に駆け込んで演劇やミュージカル関係の雑誌や本を手当たり次第に手に取る。それをまとめてカウンターに持って行くと、レジにいた店員の女性がびっくりした顔をしていた。

家に戻って自分の部屋に入り、すぐに机に向かう。デスクライトだけを点け、買ってきた本を積み、その一冊を手に取った。

なにもかも足らないのはわかっている。テスト前の一夜漬け勉強みたいに知識を詰め込んでみたところで、どうにかなるものでもない。けれど、やらないよりは、やるほうがマシだ。基本的なことすらわかっていないのでは、相手にしてもらえない。

新しいノートを開いて、重要なことや、要点を書き込んでいく。「おーい、風呂行くから、クロよろしくな〜」と、ドアが開いて声がした。

返事をしないでいると、パタンとドアが閉まる。

机によじ登ってきたクロが、甘えた声で鳴きながらゴロッと転がった。

愛蔵は寝そべっている飼い猫を見て、ため息を吐く。

(なんで、いつもは素っ気ないくせに、忙しい時には戯れてくんだよ……)

今はあいにくとかまってやっている暇はないのだ。両手で抱き上げて肩にのせながら、愛蔵は本に手を伸ばしてページをめくった。

Act Ⅳ ～第四幕～

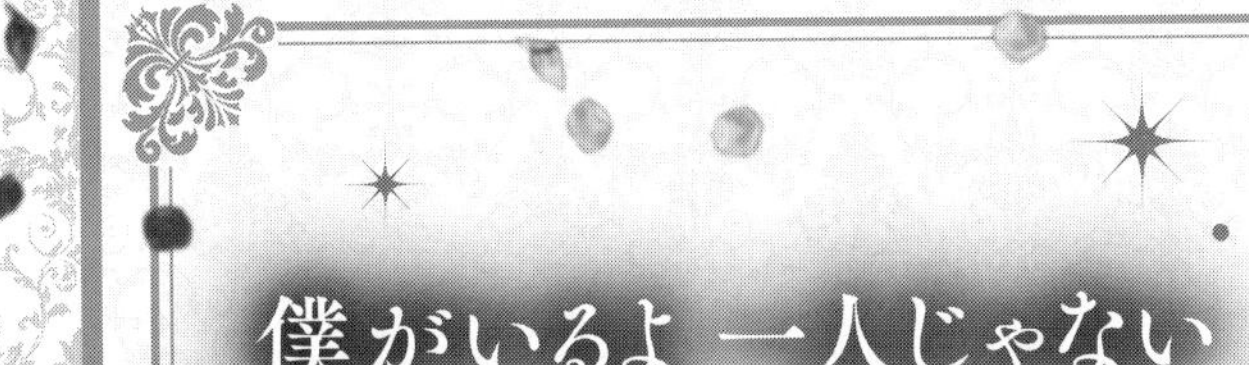

僕がいるよ　一人じゃない

居場所探して歩こう

Act Ⅳ ～第四幕～

山に近づくにつれて天候が悪化し、麓に辿り着く頃には吹雪になっていた。

最後に小さな集落を通ってから、半日は経つだろうか。

見渡す限り、道もわからないほど真っ白に染まっている。濁った雲が空を包んでいて、目の前に聳える険しい山の頂を隠していた。この先は馬で行くのは難しいだろう。

愛蔵が手綱を引いて馬を止め、勇次郎の馬の手綱に手を伸ばす。

馬にしがみついていた勇次郎は、恐る恐る脚を下ろした。けれど、着地に失敗して尻餅をつく。雪の粉が頭に降ってきて、帽子もケープもすっかり真っ白になってしまった。

馬からストンと下りてきた愛蔵は「ククッ」と、笑っている。それを、勇次郎は帽子の下からジロッと睨んだ。

「お前と一緒にいると……やっぱり、ろくなことがない」

「そうか？　一ついいことがあっただろ？」

「は？　どこが？」

眉根を目一杯寄せてきくと、愛蔵が軽く肩をすくめた。

「おかげで馬に乗れるようになった」

「なってないし、二度と乗らないっ！」

勇次郎は不機嫌な顔で断言すると、雪を払って立ち上がった。

「心配しなくたって、帰りは歩きだよ」

頬ずりしてくる白い馬の首をねぎらうように撫でると、愛蔵はその背中から荷物を下ろす。そして、「ほらいけ」と二頭の馬の尻を軽く打った。

二頭はしばらくためらっていたが、雪を踏みながら駆け出す。道は覚えているのだろう。

「帰れたら……の話だけどな」

遠ざかる二頭を見つめたまま、愛蔵が独り言のように呟く。

勇次郎は険しい表情で山を見上げた。乱舞する雪の向こうに荒々しい岩肌が見える。

荷物を担いでいた愛蔵が、「ほら」とこちらに弓を投げてよこした。

「……どうする？　今なら引き返せるぞ。逃げたって、どうせわからないんだ」

隣に並んだ愛蔵も、同じように目の前に聳える山を見上げている。

（たしかに、わからないだろうな……）

あの王女の妹も、自分たちが戻らなかったとしても、わざわざ捜しにはやってこない。このまま、この国を出てしまえば捜しようもないだろう。国の境を越えれば、追っ手を差し向けることもできないのだ。

逃げたとしても、誰が臆病者だと誹るのか。挑むほうが愚かだと笑われるだけだ。

「そう思うなら、お前は引き返せばいい……」

勇次郎は自分の荷物を取る。それを背負い弓を肩にかける。

危険をおかしてまで彼につき合えとは言わない。最初から共に歩んできたわけではない。


そう、ずっと一人で探してきた。

いつだって、一人だった――。


雪を踏みながら歩き出す。

愛蔵が「ったく……」と、ため息を吐くのが風の音に紛れて聞こえた。

彼はレイピアを腰に差すと、深く帽子をかぶって勇次郎の後をついてくる。

隣に並んだ彼の姿を一瞥しただけで、勇次郎はなにも言わなかった。

たとえ、どのような目に遭ったとしても、それは自分たちがそれぞれ選択したことの結果だ。それを背負う覚悟なくして、先に進むことはできないだろう。

進むにつれて辺りが真っ白に染まり、雪が深くなる。

吹き飛ばされそうな帽子を手で押さえたまま、二人とも無言で歩いていた。

視界が悪く、自分たちがどこを目指しているのかすらわからなくなりそうだ。

「なぁ……」

呼びかける声がして、勇次郎は横を向く。

「あの石、願いを叶える力があるって話だろ？　だったら、なんであのお姫様は姉君を元に戻してくれって願わなかったんだ？」

「さあ……？」

最初から、願いを叶える力などないのかもしれない。もしあれば、彼が考えているように、王女を元の優しい姉君に戻してくれと願うか、あるいは国にもたらされる災いを払ってくれと願えばいいだけのことだ。そうでなければ――。

「石なんて最初から、存在しないか……」

勇次郎は頬に当たる雪を手で拭って顔を上げる。

「だったら、俺たちはなんのために、こんな山に登ってんだろうな……」

足を止めた愛蔵が、疲れたように息を吐く。勇次郎も気づくと歩みを止めていた。

彼よりも体力がないぶん、吐く息が荒い。

「確かめてみないと、わからないから」

そう答えて、また一歩足を進める。靴の中にまで雪が入り込んでくるため、すっかり濡れて冷たくなっている。手袋をつけて防寒着も着ているが、それだけではあまり寒さをしのげない。

「それだって、嘘かもしれないのに……王様も魔物に襲われたか、雪崩にでも遭遇したのかもしれないだろ」

「だったら、わざわざ理由を隠す必要はない」

「……信じてんのか？」

愛蔵はジッとこちらを見ている。勇次郎は沈黙の後で、視線をゆっくりと下げた。

雪の上に残っているのは自分たちの足跡だけだ。それも、瞬く間に雪が覆い隠してしまうため、来た方向すらもうわからない。

「さあ……どうだろう……」

完全に信じているわけではない。ただ、すべてが嘘偽りだとも思えない。

この国に再びドラゴンが姿を現すようになったというのは事実だろう。

街でも噂は耳にしたし、その姿を目撃した者もいた。

「この山を根城にしてるってことは、姿を見せるかもしれないってことだよな？　いきなり遭遇するのだけは勘弁だけど……」

愛蔵は辺りを見まわす。この吹雪では視界が遮られて、わずか先もかすんで見えない。ドラゴンが現れたとしても、この状況ではまともに戦うことすらできないだろう。

先に進もうとした愛蔵が、「うわっ！」と声を上げる。

雪の表面が凍っていたのか、足を滑らせてドスンッと尻餅をついていた。

一瞬身構えた勇次郎は、「なんだ……」と息を吐く。

放っておいて先に行こうとした時、不意に地鳴りのような音がした。

雪煙が上がり、轟音と共に斜面を覆っていた雪の一部が崩れて押し寄せてくる。二人とも目にした瞬間、息を呑んでいた。

立ち上がろうとした愛蔵を雪崩が呑み込もうとする直前、勇次郎は弓を放り出して飛び出す。

ためらっていては間に合わないと思った。それだけだ――。

強ばった表情の愛蔵と目が合った瞬間、勇次郎は歯を食いしばり、体当たりするように彼を突き飛ばす。強い衝撃に襲われ、呼吸ができなかった。

雪の上に投げ出されて転がり、視界が真っ白に覆われる。

「お……っ……おいっ…………っ‼」

「しっかり……しろっ‼　おいっ！」

必死に呼びかける彼の声が聞こえた気がして、勇次郎は力の入らない手で雪をつかむ。

（ほら、やっぱり……お前と一緒にいると……）

「……どっちが、お人好しなんだよ……っ！」

呟くような声が聞こえて薄ら目を開くと、雪を含んだ風が横から強く吹きつけてくる。

ぼんやりとしたまま、腕を肩にまわして支えている相手の顔を見た。

雪に遮られてなにも見えない先を睨むように見据えたまま、彼は一歩一歩、踏ん張るようにして進んでいる。肩をつかんでいる彼の手を見ると、赤く腫れて指先に血が滲んでいた。

「……手袋は…………？」

ようやく唇が動く。こぼれたのは掠れた微かな声だったが、彼の耳には届いたようだ。

チラッと勇次郎を見てから、愛蔵はすぐに視線を戻す。

「……どっかいった」

怒っているような不機嫌な声だ。雪崩に巻き込まれて埋まった勇次郎を、雪をかき分けて助け出したのだろう。手袋はなくしたのか、邪魔になって捨てたのかはわからない。

（まったく………）

足が滑って膝をつきそうになると、体がグイッと引っ張り上げられた。

「おい、しっかり歩けよ……寝たら、おいていくからなっ！」

「………うる……さい…………っ」

大きな声を上げるなと顔をしかめ、勇次郎はなんとか足に力を入れて自分の体を支える。

フッと表情を緩めた愛蔵が、勇次郎の腕を肩にしっかりと担ぎ直した。

洞窟を見つけて中に避難できたのはまったくの幸運だっただろう。カンテラの灯りが、それほど広くない穴の中を照らす。洞窟内に散らばっていた木の破片や枝を拾い集めてきた愛蔵がそれに火を点けた。

小さな炎がゆらゆらと揺れて、二人の影が長く伸びる。風に紛れて雪が入り込んできた。

勇次郎が膝を抱えて座っていると、少し離れた場所に愛蔵も腰を下ろす。

痛そうに顔をしかめ、傷だらけになった手のひらを見ていた。

勇次郎は横に下ろした荷物の中から塗り薬と包帯を取り出し、彼のほうに投げる。

それを受け取った愛蔵は、陶器の丸い容器を怪しむように見ていた。

「これ、傷薬なのか？」

「さあ……そうなんじゃないの？」

荷物に薬と包帯を入れてくれていたのはあのお姫様だ。袋の中には食料と飲み水も入っていた。

「適当だな……」

愛蔵は陶器の蓋を開いて匂いを嗅いでみている。薬草を練った軟膏のようだ。大丈夫そうだと思ったのか、その薬を手に塗って包帯を丁寧に巻く。意外と几帳面なところがあるようだ。勇次郎はやることもなく、その様子をぼんやりと眺めていた。

愛蔵はしっかり巻いた包帯が緩まないのを確かめて、「よしっ」と満足そうに呟く。

それから、ジッと見ている勇次郎の視線に気づいてこちらを見た。

「…………なんだよ？」

「…………べつに……」

「どうせまた、俺と一緒にいるとろくなことがないとか思ってんだろ？」

彼は『わかってんだよ』というように、ふてくされてそっぽを向く。

勇次郎は黙っていた。答えを求められているわけでもないだろう。

会話が途切れてしばらく経ってから、「なぁ……」と愛蔵が話しかけてきた。

「あの石が手に入ったら、お前はなにを願うつもりだったんだ?」

きいた後で、「あ、いや……」と言葉を濁す。

「答えたくなかったら、それでもいい。お前にも……なにか叶えたいことがあるんだろうなって、そう思っただけなんだ……」

愛蔵は「それだけだ」と、気まずさをごまかすように苦笑した。そして、小さくなりかけた火に木切れを放り込む。パキッと音がして、火の粉が舞った。

膝を抱えながら、勇次郎は濃い影の落ちている彼の表情を見つめる。

叶えたいこと——。

「そんなたいしたことじゃない……」

吹雪が止むまで、ほかにすることもなかったから。話す気もなかったのに——。

「ただ……忘れていることを思い出したいだけだ」

「……忘れていること?」

勇次郎が思い出せるのは、十歳くらいからの記憶だ。それよりも前のことを、いくら考えても思い出せない。気づいた時には、ただ一人きりで、この世界をさまよい歩いていた。

自分がなぜここにいるのか、誰と一緒にいたのか、まったくなに一つ思い出せなかった。

「だから、なくした記憶を取り戻したかった……」

それだけのために、存在するかしないかも定かではない、夢物語で語られているような願いを叶える石を追い求めているなんて馬鹿げているだろう。

幼い頃の記憶がなくても、いままで生きてこられた。思い出したところで、その記憶がいいものだとは限らない。記憶から消してしまいたくなるような悲惨な境遇だったのかもしれない。あるいは、『なんだ、こんなものか』と落胆するほど、つまらない過去があるだけか――。

今まで、思いつく限りの方法を試してみたが、幼い頃の記憶の断片すら蘇らなかった。

もう、いいじゃないかと、心のどこかでは諦めてしまっているのかもしれない。

それより、与えられた人生に感謝して満足し、残されている時間を他のことに使うほうが有意義だと自分でもわかっている。

それなのに、最後の希望だとばかりに、願いが叶う石を探し求め、こんな辺境の国までやってきて、あげくにこんな目に遭っているなんて笑い話にもならない。

それでも、どうしても記憶を取り戻したかった。

「………自分が何者かわからないまま、ただ生き続けることが、怖かったんだ」

なんのために、この世界に存在しているのか。その理由がわからないまま、この世界を一人さまよい続けていることが、ただ――怖ろしかった。

勇次郎は膝を引き寄せて、下を向きながら唇をギュッと合わせる。

それだけだ──。

こんな話を、誰かにしたことは一度もない。話すつもりもなかった。誰かに理解されたいと、望んだことはなかったからだ。それを話す気になったのは、このまま生きて戻れないかもしれないと、ほんの少しだけそんな予感が頭をよぎったからだろうか。

誰かに覚えていてほしいような、そんな気がしたのだ──。

それも、気の迷いだ。

愛蔵は相づちも打たず、ひどく驚いたように目を見開いている。

「………なに？」

「いや……俺と同じやつがいるんだなって……びっくりして……」

勇次郎は「……え？」と、彼の顔を見る。

「俺も子どもの頃のことを思い出せないから……思い出せるのは、お前と同じで十歳か、それくらいの頃からなんだよ。なんでかわからなくて……ずっと、記憶を取り戻すために一人で旅をしてた。石を探してた理由も同じだなんて偶然すぎるよな。なんの巡り合わせなんだか」

愛蔵はフッと笑う。

「……まあ、理由は違うけど。俺はただ……昔の記憶を取り戻せたら、どっかにいるかもしれない家族のこととか……両親のこととか……思い出せるかもしれないって、思っただけなんだ……」

「………思い出せたら、会いに行くつもり?」

勇次郎は膝を抱えたまま彼に問う。

「そうは考えてねーよ。今さら、俺が会いに行ったって、困るかもしれないし……もう、いないかもしれないだろ……けど、思い出せたら……」

赤く燃える炎を見つめる彼の目が、ほんの少しだけ細くなる。

「……この世界で一人きりじゃないと……思えるような気がしたから……」

ポツリと言ってから、滲んだ感情をごまかすようにぎこちなく笑う。

「なんてな……そんなことって、思うだろ?」

「べつに……思わない……」

お互いに似たり寄ったりだ。理由なんて、そんなものなのだろう。

ただ、それが自分にとって重要であるかどうか、というだけのことだ——。

勇次郎は彼に背を向けて横になり、自分の腕を枕代わりにして目を閉じる。

愛蔵も、それ以上は話しかけてこなかった。

風の音が止んだ。洞窟の入り口を塞いでいた雪を足で崩して外に出ると、まぶしさに目がくらみそうになる。青空が近く感じるのは頂上が近いからだ。

「このぶんだと、今日中にはなんとか頂上に辿り着けそうだな」

愛蔵も腰に手をやって、ホッとしたように空を見上げている。

進めるうちに、進んでおいたほうがいいだろう。いつまた、吹雪になるかわからない。

勇次郎は手に持っていた弓を担ぐ。雪を踏んで歩き出すと、「待てよ」と愛蔵もすぐに後を追ってきた。

急に日が陰ったように思えて、空に目をやる。

ゴーッという音と共に強風にあおられてふらつきそうになり、二人とも咄嗟に帽子を押さえて踏ん張った。

勇次郎はなんとか片目を開けて空を見る。その瞬間、唖然として思わず帽子から手を離してしまった。飛ばされた帽子が雪の上を転がる。

太陽の光を跳ね返して輝きながら羽ばたいているのは、両翼を大きく広げたドラゴンだ。

愛蔵も口を半分あけたまま、呆然としている。

ドラゴンの話は旅の先々でいくらでも聞いた。実際、遥か彼方を飛んでいく姿を見たことはある。けれど、これほど間近で見たことはない。

山の頂に向かって飛んでいく姿を二人ともポカンとして見ていた。

辺りに響いた鳴き声が小さくなり、風の音がその余韻をさらう。

「今の、見た……よな？」

「……見た」

確かめ合うようにきいてから、顔を見合わせる。お互いに驚愕の表情になっていた。

愛蔵が「追うぞ！」と、駆け出した。

「命令するなっ！」

勇次郎は走りながら、雪の上に落ちている自分の帽子を拾ってかぶりなおした。


山の頂に辿り着いた二人は、警戒するように辺りを見回す。けれど、ドラゴンがいる様子はなかった。すでに飛び去った後なのか、風の音しか聞こえてこない。

崖の下に広がっているのは、真っ白な雲海だ。

「なんにもないな……」

拍子抜けしたように言い、愛蔵は抜いていたレイピアを鞘に戻す。

勇次郎はコツンとつま先に当たったものに気づいて身をかがめた。雪を払って拾い上げると、それが光を跳ね返す。青みがかった透明な石のようだったが、今までどこの国でも見たことがない。周りをよく見れば、至る所に同じような石が散乱している。

「変わった石だな」

そばにやってきた愛蔵も、石を拾い上げて日の光に透かしてみていた。

「石じゃない。鱗みたいだ」

勇次郎がそう言うと、愛蔵は「え⁉」とびっくりした顔をする。

「……ドラゴンの鱗か？」

「そうだろうね」

成長の過程で剥がれ落ちたものだろう。ということは、ここに巣があったということだ。ドラゴンは孵化するまで数百年もの歳月を要すると聞いた。この国の初代の王様にドラゴンが討伐されてから、ちょうどそれくらいは経つはずだ。先代の王はそのことを調べるために衛兵を伴い山に登り、不運にもドラゴンに襲われたのだろう。

勇次郎はもう少し先まで進むと、雪の中から突き出していた剣をつかんで引き抜く。柄にバラの紋章が刻まれている意匠を凝らした剣だ。

「俺たちも、早いところ山を下りたほうがよさそうだな」

愛蔵は険しい表情で空に目をやる。今のところ、ドラゴンの気配はなく穏やかな青空が広がっているだけで、耳を澄ましてみても鳴き声は聞こえない。

（たしかに……）

お姫様の頼みは、ドラゴンを退治することではない。現れたところで、二人の手には負えないだろう。自分たちの装備で、太刀打ちできるとも思えなかった。街に現れる魔物を相手にするのとは違うのだ。

　調べるために山に登った先代の王になにがあったのか。それを調べれば、自分たちの役目は果たしたことになる。この剣を持ち帰ればその証にはなるだろう。長居は無用だ。

　勇次郎は雪に半分埋もれている鞘を拾い、カチャッと剣を納めた。

Act V ～第五幕～

禁じられた歌も
摘み取られた花も

取り戻す 僕なりの答え
切り開いてくんだ

Act V ～第五幕～

「おはようございます！」

翌週の稽古の日、愛蔵はいつもより大きな声で挨拶しながら練習室に入る。ほかの役者やスタッフたちもすでに来ていて、「おはようございます！」と挨拶を返してくれた。

大城戸先生が来るまで、あと一時間ほどある。愛蔵はバッグを椅子の上におき、付箋だらけになっている台本を取り出す。

今、一番考えなければならないこと。それは、この舞台を成功させることだ。

観に来てくれた人たちが夢中になってくれるような、忘れられない舞台にすることだ。

大城戸先生とぶつかっている場合ではない。あの先生ですら、この場では敵ではない。

最高の舞台にするために必要な人で、誰よりも心強い味方であるはずだ。

（あの先生だって、舞台を成功させたいんだよな……）

その想いと熱意は、もしかしたら自分たち以上に強いのかもしれない。そうでなければ、最初からこだわったりはしないだろう。自分が演出を手がける舞台が、失敗してもいいなんて思っているはずがない。

愛蔵は、「よしっ」と小さな声で気合いを入れ、台本を握り締めたまま足を踏み出した。


「倉下さん」

呼びかけると、ストレッチをしていた倉下葵が振り返る。

「愛蔵君。おはよう、今日は早いね」

「おはよう。あのさ……ちょっと、いい？　邪魔して悪いんだけど」

遠慮がちに言いながら、愛蔵はその場に膝をついた。

「うん、なに？」

緊張気味に答えると、葵は両膝をそろえて正座する。

その彼女に、「ここなんだけど……」と自分の台本を見せた。

「うわっ、すっごく書き込んであるね！」

「昨日、色々考えてて……読みにくくて悪いんだけど。ここの俺と倉下さんの掛け合い、ちょっと変えてみたいんだよ」

台本に目を通していた彼女が、驚いたように愛蔵を見る。

「変える⁉」

「変えるって言っても、脚本の台詞を変えるわけじゃない。アドリブっぽく入れてみたいって言うか……」

「ほ……本気で言ってる？」

葵は戸惑うように、ジッと見つめてくる。勝手にアドリブなど入れたら、あの大城戸先生がどんな顔をするかわからないと不安に思っているのだろう。その気持ちはよくわかる。愛蔵自身、これを大城戸先生の前でやってみせるのはかなりの勇気が必要だ。

「大城戸先生に、すげー怒られるかもしれない……」

「そうだよね？　だって、この台詞の横に書いてあるのをやるつもりでしょ？　む、無理だよっ‼　私、絶対、無理！　ごめんっ！」

とんでもないとばかりに、彼女は手と首をプルプルと振った。

「怒られたら、そん時は俺が謝るから！」

愛蔵は「この通りだから！」と、手を合わせて頭を下げる。

「どうして、急に……こんなこと、やろうと思ったの？」

「このままじゃダメだと思ったんだよ。俺にもっと演技力があって、経験も豊富だったら、違う方法もあったし、最初から先生を怒らせたりしていなかったと思う。けど……今の自分にないものを羨んでみたって仕方ないし、持ってるもの全部でやるしかないんだ」

現状を大きく変えるほどの力はない。人を動かせるほどの力もない。それでも、相方が一人で戦っているのに、自分だけ諦めて投げ出すわけにはいかない。

「少しだけでも、今を変えてみたいんだよ」

彼女から目をそらさず、真剣な表情でそう伝える。

葵はしばらく、悩むように沈黙していた。

もう一度台本に目を通した彼女は、我慢しきれなくなったようにプッと笑う。

「でも……これ、面白いかも……？」

「だろ！　絶対、面白いし、面白くする！」

愛蔵はパッと顔を輝かせ、意気込むように言った。

葵は瞬きしてから、『仕方ない』というように苦笑する。

「いいよ。もし、先生に怒られたら……その時は、私も一緒に謝る」

「倉下さん、感謝するよっ‼」

愛蔵は「やった！」と、笑顔で拳を強く握った。

発声とストレッチが終わると、大城戸先生が練習室に入ってきて、すぐに稽古が始まった。椅子に座った先生は腕を組みながら、役者たちの動きを睨むようにジッと見ている。先日にも増して不機嫌そうな表情だ。

王女と衛兵の場面だから、愛蔵の出番はない。

勇次郎も壁に寄りかかって、ほかの役者たちの演技を眺めている。

少し離れた場所で、葵はそわそわしたように手を握りしめていた。彼女も相当緊張しているのか、顔が若干強ばっている。お互い目が合うと、愛蔵は密かに拳を握ってみせた。

葵は頷くと、同じようにギュッと拳を握る。

そんな密かなやりとりに気付いたのか、勇次郎が訝しそうにこちらを見る。『なにやってるの？』とでも、言いたげな顔だった。

（ヤバい……緊張してきた……っ）

本番前のように心臓がバクバクしている。

愛蔵は落ち着けと自分に言い聞かせるように深呼吸した。

稽古が始まるまで、葵と一緒に台詞のテンポや言い回し、動きを練習した。彼女のアドバイスのおかげで、最初に考えていたものよりもずっとよくなったはずだ。

稽古は一時間ほど続けられ、十分ほどの休憩を挟んで再開される。

ここからが、愛蔵と葵が練習した場面だ。

衛兵に捕まって牢に入れられた後、変装した王女の妹が食事を差し入れにやってくる。

そこで、王女の妹から、王女が横暴な振る舞いをするようになった理由や、国に伝わる石の話を聞くという重要なシーンでもあった。

「姉は石のことを探ろうとする者が現れたら、必ず捕らえよと……」

心が痛いというように、葵はうつむいて胸を押さえる。

「ってことは、以前にも俺たちみたいなコソ泥……あっ、いや……コソ泥みたいなよそ者が、いたってことか？」

愛蔵がきくと、彼女は「ええ」と両手を握りしめたまま大きく頷いた。

「毎年、十人くらいは……」

「十人⁉　あんな伝説を真に受けたやつが、世の中にはそんなにいんのかよ！」

「多い年では、五十人くらい……っ！」

（さあ、こっからだ……っ！）

「ご、五十人⁉　そんなに⁉」

愛蔵は大げさに驚いてみせる。

「いえ、もっとかしら。団体で来られる方々もおりましたもの！」

「団体って、どんなツアーだよっ！　謎の石探索ツアーとかあったのか⁉」

愛蔵がツッコミを入れると、周りで見ていた役者やスタッフがふき出した。

そんな反応をチラッと見ながら、愛蔵と葵はさらに大きな声で先を続ける。

「ええっ、謎の石にまつわる場所を巡ったり、謎の石を作る体験を行ったり！」

「おいおい、あったのかよ！　というか、謎の石って簡単に作れるものなのか？」

「お父様がいらしたころは、そのおかげで、宿屋も繁盛して、街も賑わっていたんです。謎の石のレプリカや、謎の石のペンダントなどのお土産品も売られていて……」

「謎の石のペンダント⁉　……それは、ちょっとほしいかもな。俺、買って帰ろうかな……まだ、売られてる⁉」

「いえ、残念ながらもう売られてません。職人さんたちがいなくなってしまったので」

「もっと早く来りゃよかった！」

愛蔵は悔しそうな顔をして、自分の手を拳で打つ。

「謎の石クッキーや謎の石プリン、謎の石まんじゅうなども大人気で行列ができるほど！」

「って、めちゃくちゃ、町おこしに利用してるじゃねーかっ」

「でも、非情にもブームは去ってしまったのです……っ！」

ハンカチを取り出した葵は、「ううっ！」と涙を拭う仕草をした。

「つまり、俺らはブームに踊らされてる人ってこと⁉」

練習室全体の空気が緩み、スタッフや役者たちがどっと笑い出した。

「……謎の石まんじゅうって、なにそれ？」

勇次郎が役を忘れたようにポカンとして呟く。

読み合わせをした稽古初日の多少痛い記憶が蘇ってきて、愛蔵は緊張したように大城戸先生を見る。怒られるかもしれないのは、覚悟の上だった。

けれど、大城戸先生は笑いそうになるのをごまかすように、あご髭を撫でている。その口もとが緩んで、「フフンッ」と笑うような声がもれていた。

愛蔵が見ていることに気付くと、大城戸先生は咳払いをして口を開く。

「今のところ……どういうことだ？」

「すみません、このほうが絶対いいと思って……入れてみました！」

愛蔵は大きな声で言って、ガバッと頭を下げた。稽古初日とは違う。今回は承知の上でやったことだ。スタッフや役者たちも、笑うのをやめて成り行きを見守っている。

葵も愛蔵の隣にやってきて、「わ、私も協力しました。すみませんでした！」と一緒に頭を下げてくれた。

「……二人で考えたのか？」

「そうですっ！」

「俺が勝手に考えて、無理に頼んで……っ！」

二人はほとんど同時に答えてから、パッと顔を見合わせた。

「考えたのは愛蔵君ですけど、私もこっちのほうが面白くなると思いました！」

「倉下さんを巻き込んだのは俺です。だから、俺の責任です!!」

愛蔵と葵はあたふたしながら言って、「「すみませんでした!!」」ともう一度頭を下げる。

そのまま、「けど……」と愛蔵は先を続けた。

「観てくれる人たちに笑ってほしくて……楽しい舞台だったと、思ってほしくて考えたことです。ふざけてやったわけじゃありません！」

大真面目にやったことだ。それはわかってほしくて、真剣な目で大城戸先生に訴える。

勇次郎が目を見開いて、こちらを見ていた。

大城戸先生は思案するように黙っている。その口から、「少しは考えられるようになったか……」と独り言がポロッともれた。ほんの少し、愉快そうに口角が上がっている。

「あのっ、今のどう……でしたか？」

愛蔵は先生の顔色をうかがうように、おずおずと尋ねてみた。

「もう一回、さっきの掛け合いからやってみろ。愛蔵はさっきよりテンポよく。相手の台詞にかぶせるくらいのつもりでやってみろ。それと、もっと大げさにやっていい。思い切っていけ」

「は、はいっ！　やってみます！」

「今くらいの声でやれ。そうじゃないと、客席に届かんぞ」

先生が腕を組みながらフッと笑う。

愛蔵もつられて笑顔になり、「はいっ！」と返事した。

葵もホッとしたように胸に手をやって息を吐いている。

先生がちゃんと名前を呼んでくれたのは、これが初めてだ。

それに、まともにアドバイスをもらえたのもこれが初めてのことだった。

多少は、認めてもらえたのだろうか――。


稽古が終わった後、愛蔵は薄暗い廊下のベンチに座り、「疲れた」と息を吐いた。緊張しっぱなしだったからだろう。

あの後、みっちり指導されたが、怒られることは一度もなかった。それに、掛け合いのコツもつかめた気がする。それも、先生に教えてもらったおかげだろう。

（やっぱ、すげー人なのかも……大城戸先生って）

「愛蔵君、お疲れ様」

自動販売機の前までやってきた葵が、ジュースを選びながら声をかけてくれた。

愛蔵は顔を上げ、「お疲れ様」と笑みを作る。

「ありがとう、倉下さん。おかげで助かった」

「考えたのは、愛蔵君だよ……私はただやっただけ」

「でも、倉下さんが協力してくれなかったら、できなかったと思う」

葵が自動販売機のボタンを押すと、ガタンッと缶コーヒーが落ちてくる。

「愛蔵君はすごいよね……私には絶対、無理だった。でも、やっちゃうんだもん。本当は……この舞台、嫌だったの。大城戸先生、厳しいって有名だったから……私、梨乃ちゃんほど演技力があるわけじゃないから、自信もなかったし。でも、梨乃ちゃんがやるなら、私もやらなきゃって。梨乃ちゃん、先生にひどいこと言われたら、きっとショックを受けるだろうし。守らなきゃって思ったんだよね。同じ事務所だし、大事な親友だから」

彼女は取り出した缶コーヒーを手に、少しぎこちなく微笑んだ。

（そういえば、倉下さんって、井野川さんと、同じ事務所なんだよな……）

「稽古が始まっても先生はいつも怒鳴ってばかりで……他の人たち、みんな萎縮しちゃって……なにも言えなくて、現場の空気も最悪で、やっぱりやらなきゃよかったって思ってた。全然、楽しくないんだもの……早く終わればいいのにって、そればっかり考えてた。けど、今日はすごく楽しかった……みんなが笑ってくれた時、絶対、いい舞台にしたいし、しなきゃって思った。誰かが変われば、みんな変わるんだよね……」

彼女は愛蔵のほうを向き、手に持っていた缶コーヒーを差し出す。

「愛蔵君のおかげだよ。だからこれは、感謝の気持ち！」

葵は少し頬を赤くしながら、照れ隠しのようにニコッと笑った。

(感謝の気持ち、か……)

ほんの少しは、閉塞的な空気を打破できたのかもしれない。だとしたら、やってよかったのだろう。なにも変えられずに悶々としているよりはずっといい。

「ありがとう、倉下さん……」

愛蔵はフッと笑い、手を伸ばしてその缶コーヒーを受け取った。

「うん……じゃあ、またね。頑張ろう！」

彼女は手を振ると、小走りに去っていく。

ベンチでコーヒーを飲みながら台本に目を通していると、「お疲れ様」と声をかけられた。

「お疲れ様でーす」

返事をしてから、『あれ?』と思って顔を上げる。

自動販売機の前に立っているのは、スタッフやほかの役者ではなく勇次郎だった。

軽く驚いていると、ココアの缶を取り出した勇次郎がこちらを向く。

「お……お疲れ……」

目が合って、思わず言い直した。勇次郎から挨拶してくるのは珍しい。

「よく……あんなこと、思いついたね」

呆れているのか、感心しているのかわからないような表情だった。

愛蔵はコーヒーを一口飲んでから、缶を持つ手を下げる。

「まあ……起死回生の策ってやつ?」

ココアを開けて飲んでいた勇次郎が、少しむせて口に手をやった。

「謎の石まんじゅうが⁇」

「これでも、精一杯、頭を絞って考えたんだよ。もっと面白くできないかって……」

愛蔵は「俺なりになんとかしようとしたんだ」と、肩をすくめる。

「まあ……愛蔵にしてはそこそこ面白かったけどね。テンポも悪くなかったし」

「あの先生、笑わせるとか快挙だったと思うぞ」

「なに、コソコソ企んでるのかと思ったら……」

勇次郎は口もとを緩めたまま、ココアの缶を口に運んでいた。

「成功したんだからいいだろ」

愛蔵は立ち上がって、空になった缶をゴミ箱に入れる。それから、台本を勇次郎に見せてニッと笑った。

「ってことで、稽古するからお前も付き合えよ。俺らの掛け合いが一番多いのに、今まで全然、練習できてなかったんだ。あの石頭の先生に一泡吹かせてやろーぜ」

「…………いいけど、変なアドリブは入れないから」

「なんで？　せっかく色んなバリエーション、考えてきたのに！」

「他の人とやれば？　僕は絶対、やんないからっ！」

さっさと更衣室に戻ろうとする勇次郎の後を、愛蔵は急ぎ足で追いかける。

「わかった。お前が笑ったら、採用ってことでいいよな？」

「なにそれ。だいたい、人が大変な時になに、共演者の女子口説いてんの？　不謹慎だと思うけど」

「全然、口説いてないだろ。どこをどう見たらそーなるんだよ！」

「また、変な噂立てられても知らないよ」

そう言われて、愛蔵の足が一瞬止まる。

「お前……っ！　この前、立ち聞きしてたな!?」

「廊下で話してるそっちが悪いんじゃん」

飲みかけのココアの缶を揺らしながら、勇次郎がニヤーッと笑った。

翌週の稽古で、愛蔵は勇次郎と廃墟となっている聖堂の場面を演じる。

「おい……大丈夫なのか？」

不安げに愛蔵が問うと、「それは自分自身にきいてみるんだな」と勇次郎が素っ気なく答える。そのかわいげのない言い方が、いつもの相方そのままで、こちらまでつられて役を忘れそうになる。

「ハァ!? まさか、俺に歌えと言うんじゃないだろうな!?」

「どうせ、難癖をつけたいだけなんだ。歌の善し悪しなど関係ない。下手くそでも、今日は喉の調子が悪かったとでもごまかしておけばいい」

「簡単に言うなよ！」

（あれ……？　なんか今日……やりやすいな……）

稽古の帰りに、楽器店の練習室にこもって二人で何度も練習したからだろうか。

今まで、どことなくかみ合っていないように感じていた台詞が、今日はぴったり合うような気がした。そのせいか、意識しなくても台詞が自然と口から出てくる。

(勇次郎の演技もいつもと違うよな?)

勇次郎がこちらに合わせてくれているのがわかる。

大城戸先生も声を荒らげたりしない。勇次郎が何度もやり直しをさせられた衛兵との掛け合いも、今日は一度も口を挟まなかった。

聖堂の場面が終わったところで、「よしっ!」と先生が止める。

「それでいい」

大城戸先生は大きく頷いて言うと、椅子から立ち上がって「一旦休憩」と指示を出した。

一息吐き、愛蔵は椅子においていたペットボトルを取る。そのキャップを開けて飲んでいると、勇次郎が大城戸先生の後を追うように練習室を出ていくのが見えた。

(勇次郎……)

まさか、また先生とぶつかるつもりだろうか。愛蔵は焦って練習室を出る。

「大城戸先生」

勇次郎に呼び止められた大城戸先生が、立ち止まって振り返る。

愛蔵は勇次郎に駆け寄ると、「おいっ」とその腕をつかもうとした。その手を途中で引っ込めたのは、勇次郎の表情が真剣だったからだ。

「教えてください。以前と今日と、なにが違うのか」

勇次郎の目は真っ直ぐ大城戸先生に向けられている。大城戸先生はしばらく黙った後で、「わからないか？」ときき返した。怒っているわけではなく、冷静に諭すような声だった。

勇次郎は視線を下げ、「わかりません」と答える。

「僕は同じように演じたつもりです。なにも変えていません」

「そうだな……あえて言うなら、今までは舞台に立っていたのは勇次郎、お前一人だけだった。今日は相手がいた。そういうことだ」

大城戸先生の言葉に、勇次郎はハッとしたように視線を上げる。

「今日の演技は、悪くはなかった。二人とも」

先生は勇次郎の隣にいた愛蔵を見ると、「そういうことだ」と言い残して立ち去る。

すぐにスタッフが駆け寄って、相談を持ちかけていた。

「……納得いかない」

勇次郎が眉間に皺を寄せて、ポツリと呟く。

(まあ、あの先生の怒り方は理不尽だったからな)

半分は意地になっていたからだろう。半分は先生の言う通りでもあるのだとも思う。

「そーだな。つまり、お前に足んなかったのは、相方をもっと尊重する気持ちってことだ」

冗談まじりに言ってニッと笑うと、勇次郎は目一杯不満そうな表情で睨んでくる。

「なに調子にのってんの？　ダイコンなのにっ」

「ダイコンって言うなよ！」

「自分で言ったじゃん。演技はダイコンだって」

「あの時は、だろ！　俺は日々進化してるし、成長してんの。俺がいつまでもダイコンのままでいると思ったら、大間違いなんだよ」

「どこが!?　今日も台詞、三回くらい噛んだよね？　間違えて、適当なアドリブでごまかしたし！」

「あれは、アレンジ！　まあ……台詞、噛んだのは……今日の昼、ツナマヨなくて梅干しのおにぎりだったから……とか？」

「なに、自分の罪を梅干しのおにぎりになすりつけてんの」

「お前がツナマヨを独占したのが悪いんだろ。二つしかなかったのに。一個、譲れよ！」

「やだっ、じゃんけん二回やって、二回とも負けたのそっちじゃん！」

「それでも一つくらい譲ってやろうかって思うのが相方だろ！　そういうところが、お前に足んねーって……痛てっ！　足踏むなっ！」

思いっきりつま先を踵で踏まれて、顔をしかめる。

「もう、絶対、ツナマヨは愛蔵に譲らないっ」

ふてぶてしい顔で言い放つと、勇次郎はフンッとそっぽを向いて足の向きを変える。

「なに言ってんだよ……譲ってくれたことなんて、一回もないだろっ！」

（ほんと、全然、かわいくね――――――っ！！！！）

「はい、ストップ！　愛蔵君、そこ、もっと声、伸びない？」

　歌の途中で止められた愛蔵は、「えっ、あ、はいっ！」と少し焦って返事をする。

　ダンスと歌のレッスン後、愛蔵は池崎先生に居残りを命じられて指導を受けていた。

　歌っているのは、愛蔵が勇次郎の伴奏に合わせて歌う曲だ。何度歌っても、いまだにOKがもらえない。

「声量はあるはずなんだけどなぁ……なんだか中途半端なんだよねー。君ならもっと、響かせられるはずだよ？」

　先生は顎に手をやりながら、すっかり困った顔になっていた。愛蔵自身、声が伸びていないと感じる。曲が難しく、音が取りにくいというのもあるのだろう。それに、いつもの収録やライブの時とは声の出し方から歌い方、感情の込め方までなにもかも違っている。

　これだという歌い方が見つからないから、毎回、ブレてばかりで少しも安定しない。それは、先生に言われるまでもなく自覚していた。

池崎先生は腕時計を見て、「今日は、ここまでにしましょう」とレッスンを打ち切った。次までの課題ということだ。けれど、そんなに簡単にこの課題はクリアできそうにない。

勇次郎は撮影の仕事があったため、稽古が終わるとすぐにマネージャーが迎えに来ていた。外に出ると予報通りに雨になっている。

愛蔵はビニール傘を開きながら夜の道を歩き出した。

大城戸先生が熱心に指導してくれるため、演技はかなりよくなっただろう。

厳しい人だが、さすがに何人も有名な舞台俳優を育ててきただけのことはある。

以前のように怒鳴ることはなく、わからなければ前に出て、演じてみせてくれる。おかげでどこが悪いのか、どう直せばいいのかもよくわかる。

先生の指導で、役者全員の動きが目に見えてよくなっていた。これが大城戸先生の演出家としての本来の力なのだろう。社長が才能ある人だと評価している理由もわかる。

たしかに、この先生はとんでもない才能の持ち主だ。怒るのも、溢れんばかりの情熱のせいなのだろう。そう、理解することにした。

勇次郎に関しては、他の役者たちより指導が厳しい。それは、最初の頃のように闇雲に怒っているわけではなく、勇次郎の演技力を認めて、今以上に底上げしようとしているからだ。それがわかっているからか、勇次郎も大きな身振り手振りで指導する先生の言葉を熱心に聞いていた。

スタッフや他の役者たちもよく声をかけてくれるようになった。

稽古の雰囲気もよくなったし、前よりずっとやりやすくなっただろう。

（演技のほうはなんとかなりそうなんだけど……）

愛蔵は川沿いの道を歩きながらため息を吐いた。傘から落ちた水滴が肩を濡らす。

ヘッドライトを点けた車が静かに通り過ぎていった。

今一番問題なのは歌のほうだ。しかも、これは簡単に解決しそうにない。

（けど、どうにかしないとな）

みんなの舞台に対する熱も日に日に高まっている。情報解禁になり、チケット販売も始まっているから後には引けない。社長の話では、先行予約分はすでに全日完売という話だ。それだけ、ファンの人たちも大きな期待を寄せてくれている。それは事務所を始め、関係者の人たちも同じだ。覚悟を決めて舞台に立つしかないし、立つからにはがっかりさせるような歌など聴かせられない。

小学生の頃、出場した歌のコンクールで思いがけず優勝した。

もし、あの時、歌を続けていたら——。

もし、歌えなくなっていなかったら――。

歌を歌っていなかった時期が長かったことが、今さら悔やまれてならなかった。

原因は色々あっただろう。親の浮気や離婚、母のこと、兄のこと。

話すことはできるのに、歌おうとすると声が出なくなる。病院で検査を受けてもどこにも異常はなくて、ストレスが原因だろうと言われた。

あの頃の自分はそれがよくわかっていなくて、歌なんてもう歌えなくていいと、神様にお願いしてしまったからだと思っていた。

父のギターを弾くようになってから、ほんの少しずつまた歌えるようにもなったが、以前のように誰かに歌を聴かせたいとは思わなかった。聴いてくれるような人もいなかった。

ギターの練習中、口ずさむ程度だ。

中学の頃、クラスのみんなと合唱することがあっても、声なんてほとんど出ていなかっただろう。

仕方ないことだ。あの頃の自分には、それが精一杯だったのだから。

けれど、無為に過ごした時間が、惜しくてたまらなく思える。

あの時間をもっと大切に使っていれば、今とは違う自分になれていただろう。そんなふうに思うのは、やらなければならないことに対しての時間が、今の自分には圧倒的に少なすぎるからだ。もっと、時間がほしかった。成長するまで、まわりは待ってくれない。

「言ったって、どうにもなんないよな……」

足もとを見つめて、そんな呟きをもらす。

「悩んでるって顔だな」

よく通る声が耳に届いて、愛蔵はすぐに顔を上げた。

傘を肩にかけ、橋の欄干によりかかっているのはFT4のリーダーのIVだった。

「IVさん……どうしてここに？」

「事務所に寄った帰りだ」

他のメンバーの姿は見えないから、彼一人のようだ。マネージャーを兼ねているから、仕事の打ち合わせをしていたのだろう。

「そういえば、YUIが心配していたぞ。『愛蔵が俺のラーメンの誘いを断るくらい、絶不調だー』って……そうなのか？」

愛蔵は答えるかわりに、ごまかすようにぎこちなく笑う。

絶不調とまではいかないが、YUIの誘いを断った時、『歌の調子がよくなくて』と多少泣き言のようなことを書いて送った気がする。

（ＩＶさんなら……って、そんなこと頼めないよな……）

ＩＶが忙しいのは知っている。それなのに、歌の指導をまたやってほしいとは言い出せなかった。

「……愛蔵、これから時間あるか？」

そうきかれて、「えっ？」と顔を上げる。

「どうやら、今のお前には俺が必要なようだからな」

そう言って、ＩＶは『困ったやつだ』とばかりに笑う。

――そうだ。今の自分にはこの人が誰よりも、必要だ。

愛蔵は唇を結び、真剣な表情になって深く頭を下げた。

「よろしくお願いしますっ！」

タクシーを降りると、ＩＶは「こっちだ」と愛蔵を促して先を歩く。高架下の細い道を通り抜けると、駐車場のあるコンクリートの外壁の建物が見えてきた。道を挟んだ向かいにはフェンスで囲われた線路があり、電車が雨を切りながら通り過ぎていく。

（ここって、ライブハウス……？）

愛蔵は入り口のネオンに目をやった。今はやっていないのか、表の灯りは消えていた。

ＩＶはドアの鍵を開け、遠慮なく中へと入っていく。

続いて愛蔵が入ると、パチンッと電気が点いた。

広いフロアの天井はむき出しのパイプが縦横に走っていて、いくつものライトが取りつけられていた。正面はステージになっているが、機材は片付けられ、マイクスタンドだけがポツンと隅のほうに残っている。

ステージの端にある机の上にはパソコンとキーボード、それにＤＪが使うコントローラーが並んでいて、楽譜の束やファイルがその周りに散乱していた。その上に、重しだとばかりにヘッドホンがおいてある。

「すげ……かっこいい……っ」

思わずそんな声をもらすと、ＩＶの口もとがフッと緩む。

「ここって、ＩＶさんが借りてるんですか？」

「次の買い手がつくまで、使わせてもらっているだけだ。けど、悪くないだろう？　作業に集中できるから気に入っている。必要なものはそろっているからな」

（ここがＩＶさんの、隠れ家ってわけか……）

自分にとって楽器店の練習室がそうだったように、心をゼロに戻せる自分だけの時間と空間が必要なのだろう。

「それじゃあ、始めようか」

ぼんやりとフロア内を眺めていた愛蔵はすぐに顔を戻し、「はいっ!」と返事をした。

「今、どの曲をやっているんだ?」

「これなんですけど……勇次郎のオルガンの伴奏で、俺が歌うことになってるんです。けど、全然、歌えてなくて……」

愛蔵がファイルから楽譜を抜き出して渡す。

IVはそれに目を通すと、「クッ」と笑った。

「ずいぶんと、意地が悪いな……」

愛蔵は「えっ?」と、楽譜をめくっている彼の顔を見る。

「これを舞台の上で、オルガンの伴奏だけで歌うんだろう? 相当、度胸と技量がないと難しいな。だけど……」

IVは顎に手をやり、「愛蔵向きなのかもしれない」と楽しげに呟いた。

軽く発声練習をした後、愛蔵はステージの真ん中に立つ。

IVはなにもおかれていないフロアの一番後ろまで移動すると、ステージのほうを向き、客席の仕切りの手すりによりかかっていた。

「あの、ＩＶさん！　マイク……なくていいんですか？」

愛蔵は困惑して尋ねた。手に持っているのは楽譜だけだ。しかも、ＩＶはすっかり聴く体勢になっているから、今回はキーボードでの伴奏もなしということなのだろう。

「今日はいい。俺のところまで声を届けるつもりで歌ってみろ！」

向こうにいるＩＶから声が返ってくる。大きな声を出せば、お互いに聞こえない距離ではない。ただ、マイクもなくあそこまで歌声を届けるのは簡単なことではないように思えた。しかも、手こずっているこの歌をだ。

（先生にも、声、伸びないって言われてんのに……）

とはいえ、やってみるしかないだろう。愛蔵は楽譜を持つ手を下げて顔を上げる。

広いフロアで聴いているのはＩＶただ一人だ。

いつもと勝手が違うことに戸惑いながらも、軽く息を吸って歌い始めた。

起こせ化学反応
示せ存在証明

Act Ⅵ ～第六幕～

カミサマも黙らせろ

Act Ⅵ 〜第六幕〜

「黙ってこの国を出て行けば、見逃して差し上げようと思ったのに……わざわざ命を無駄にするために戻ってくるなんて、とんだおバカさんたちだこと。けれど、あの雪山に登って、生きてこの街まで帰り着けたことだけは褒めて差し上げましょう。あの山に入っていった者は多いけれど、戻ってきたものは、そう多くはいないのよ？」

衛兵に囲まれて剣を突きつけられている二人を、高慢な笑みを浮かべて眺めているのは、王座に脚を組んで座っている女性だ。頭に頂く金のティアラには、バラの紋章が刻まれている。

王女と対面するのは、これが初めてだ。彼女のそばに、人形のような無表情で妹君が立っている。髪の長さは違うものの、こうして並ぶとよく似ているのがわかる。

（そんなことだろうと思っていたけれど……）

街に戻ったら、あの廃墟となっている聖堂で、妹君と落ち合うことになっていたのに、自分たちが行ってみると彼女はおらず、かわりに衛兵の一団が待ち構えていた。そして、城に連れてこられ、この広間に通されたというわけだ。

いきなり牢に放り込まれなかっただけ、マシだと思っていいのかどうか――。

（むしろ、牢のほうがよかったのかも）

勇次郎は衛兵たちの数をさっと目で確認する。五十人ほどはいるだろうか。

武器を取り上げられなかったのは、自分たち二人が抵抗したところでなにもできないと思われているからなのだろう。王女にとっては無駄な抵抗をしてみせることも余興の一つでしかないのか。どちらにしろ、舐められたものだ。

愛蔵はレイピアの柄にすでに手をかけて構えていたが、抜くに抜けないようだった。その視線が、王女の隣に立つ妹君に向く。

「全部、嘘か……俺たちを欺したんだな」

それは彼女に向けた言葉だろう。彼女は愛蔵を一度見てから、すぐに視線をそらす。唇をきつく結んだまま、一言も発しようとはしない。それが彼女の意思なのか、命令されてのことなのかはわからなかった。

「欺したなんて人聞きの悪い。妹にあまり無礼な口をきかないでちょうだい。あなたたちのように、あの石の噂を聞きつけてこの国にやってくるコソ泥が多くて、目障りなんですもの。だって、あなたたちときたら、放っておくとその汚い靴で城の中にまでズカズカ入ってきて、探し回ろうとするでしょう？」

王女は「ああ、嫌だ」と、鳥肌でも立ったように自分の両腕をさする。

「俺たちの靴は、べつに汚れて……」

愛蔵は自分の靴に目をやって、ばつが悪そうに沈黙した。二人とも長靴の先や踵に、泥がこびりついている。いきなり連れてこられたのだから、靴の泥を落としている暇などあるはずがない。まして、王女に謁見する予定などなかったのだ。

「それに、コソ泥が入り込んでいるなんて、街の人たちだって嫌でしょう？　街の人たちが安心して暮らせるようにするのも、王女たる私の務め。妹はその手伝いをしてくれていただけよ」

「なにが安心して暮らせるようにだ。それなら、なんで街の中にまで現れるようになった魔物を、退治しようとしないんだ。この街の人たちがどれだけ迷惑しているか……知らないはずはないよな⁉」

「あら、どうして退治しなくちゃいけないの？　あの子たちはなにも悪さをしないわ。ただ夜に楽しくお散歩をしているだけよ。あんなにかわいい子たちなのに……それを退治するなんて、なんてひどい人たちなの！」

王女は両手を自分の口もとにやって短く息を吸い込む。極悪非道だと言わんばかりの口ぶりだった。

「あの魔物に襲われた人たちだっているだろ！」

「知らないわ。夜中に出歩かないよう禁止令を出していると言うのに、まったく聞かない人たちが悪いのよ。私はちっとも悪くない」

なにを言っているんだと、愛蔵は唖然としている。まったく話が通じない。

王女は頭が痛いとばかりに額に指を添え、疲れたようにため息を吐く。

「本当につまらないことばかり言うから、あなたたちと話すのも飽きてしまったわ。衛兵、もう用はないから、さっさとこのコソ泥を連れていってちょうだい」

彼女は目にするのも嫌だとばかりに顔を背け、手で追い払った。

二人を囲んだ衛兵がジリッと距離を詰めてくる。

「話になんねーっ！」

苛立ったように愛蔵がレイピアを抜き、踏み込んできた衛兵の剣をはね返した。

（まったくだ……）

勇次郎は微かなため息を吐いてから、一歩前に出る。

「言われずとも、さっさと貴女の前からも、この国からも、立ち去るつもりです。けれど、その前に……僕らは貴女の妹君と約束がある」

勇次郎が腰に差していたバラの剣を、鞘ごと抜いて反対の手に持ち替えた。それを目にした瞬間、「あっ！」と声を上げたのは妹君だ。青白かった彼女の頬に赤みが差す。

「お父様の剣……っ！」

妹君は一歩踏み出した足を、ハッとしたように戻す。

王女の瞳が冷たさを増し、「余計なことを」と苛立ちを含んだ呟きがその唇からこぼれた。

「今さらそんなものを持ち帰ってきたところで、なんの役にも立ちはしないのに」

「姉様っ、なぜそのようなことを……っ！」

「だって、そうじゃない。お父様はもういらっしゃらないのに、いったい誰がその剣を振るうというの？　まさか、私に扱えと？　嫌よ。か弱い私に、そんな重い剣が振るえるわけがないでしょう。それに、そんな古くさい剣、私に似合わない。使う者がいなければ、ただの飾り物よ」

「幼き頃、お父様は私と姉様をその膝に乗せ、かの建国の王がこの剣を持って、悪しきドラゴンを打ち倒した物語を聞かせてくださいました。この剣は国王たる者の証として、この国の王に受け継がれてきたもの……お父様が、この剣をどれほど大切にしていらっしゃったか、姉様はお忘れになってしまわれたのですか⁉」

胸に手をやって必死に訴える妹君の瞳に、ジワッと涙がにじむ。王女はさめた表情でそれを眺めていたが、その視線をバラの剣を持つ勇次郎のほうに移した。

「……そうね。お父様の形見の剣ですものね。いらないのに……わざわざ山から拾ってきてくれたのだもの。あなたの言う通り、大切にしなきゃ。そうよね？」

「姉様……っ！」

王女は王座の肘掛けによりかかったまま、艶のある自分の唇を指でなぞる。

「いいわ。あなたたち二人の命は特別に助けてあげる。その剣を差し出し、一生、私に忠誠を誓い、その身を捧げるというのなら。どう？　光栄でしょう？」

目を細めながら、彼女は唇を歪めるようにして笑った。

愛蔵が眉の端を上げ、「ハァ⁉」と声を上げる。

「なんで、俺たちが……どこまで人を見下せば気がすむんだっ！」

「あら、なにが不満だというの？　あなたたちは旅芸人なのでしょう？　私のために、歌って踊って、楽しませてくれればいいのよ。退屈しのぎくらいにはなるわ」

「お断りだっ‼　だいたい、俺たちは旅芸人じゃ……っ！」

ない、という言葉を、彼は呑み込む。王女の高飛車な笑い声が広間に響いた。

「旅芸人でなければ、やっぱりコソ泥なのかしら？　けれど、そんなことはもうどうでもいいわね。あなたたちが何者かなんて、私は興味がないもの。あなたたちは、私の小鳥ちゃんになるんだから。安心してちょうだい。私のために囀ってくれるなら、ちゃんとかわいがってあげる。ただし、このお城の中から逃げ出さなければね。それが嫌だというのなら仕方ないわ。牢で朽ち果てるのがいいか、それとも街の広場に吊されて、あの子たちの餌になるのがいいか、選ばせてあげる。私は寛大だもの！」

「あんたに忠誠を誓うのも、牢にぶち込まれんのも、魔物の餌になるのもゴメンだ。俺たちがどうするかは、俺たちが自分で決める。誰があんたの言いなりになるかっ！」

「ああ、もう……うるさく喚かないでちょうだい。どれも嫌だなんてわがままね。それなら、いいわ。この場で片付けてしまうだけよ。私の言うことをきかない者なんて、いらないもの」

衛兵に合図しようと、王女が片手を上げる。それを遮るように飛び出したのは妹君だ。

「姉様、もうおやめください。お願いでございますっ‼」

両膝をついて訴える妹の姿を、王女は煩わしそうに一瞥した。

「あなたまで、私に刃向かうというの？」

「今の姉様は私の知っている姉様ではない……もとの姉様に戻ってくださいませ！」

声を震わせて訴える彼女の涙が、床についたその手の上にポタッと落ちた。

「そう、残念だわ。かわいがってあげていたのに……あなたも、もういらないわね。いつ、謀反を企むかしれないもの」

衛兵たちは王族である妹君に刃を向けることをためらったのか、その場から動かない。

「なにをやっているの。さっさとしてちょうだい！」

苛立った王女の声で、衛兵たちはようやく駆け寄っていく。

衛兵に引っ張られるように立ち上がった妹君が、「姉様っ！」と助けを求めるように叫んだ。けれど、王女はその声が聞こえないかのように横を向いている。

「その人はあんたの妹じゃないのか！」

思わず声をあげた愛蔵に、王女が視線を移した。

勇次郎と愛蔵も、衛兵に囲まれているため、その場から一歩も動くことができない。

王女はそんな二人を愉快そうに眺め、「だから？」と平然ときき返した。

「あなたたちが、妹のために命乞いでもしてくれるのかしら？　この場で私に跪き、靴の先にでも口づけをして忠誠を誓うのなら、許してあげなくもないけれど。あなたたちは嫌なのでしょう？　じゃあ、仕方ないわね。ああっ、かわいそうな妹……でも、あなたが悪いのよ？」

衛兵に押さえつけられた妹君が、覚悟を決めたように唇を結んでうなだれる。その頬を、涙が伝っていた。

「…………っ‼」

もう、これ以上黙って見ていられないと思ったのか、愛蔵が飛び出そうとする。

それを、腕で遮ったのは勇次郎だ。

「許しを乞えというのなら、いくらでもそういたしましょう」

「おいっ！」

怒りの声を上げた愛蔵を、黙っていろと一睨みする。そして、自分の弓を彼に預けた。

「……それで助かるなら安いものだ。僕らもこの命を無駄にはしたくない」

「あら、あなたはそっちのおバカさんと違って、ずいぶんと物わかりがいいのね」

「もちろん、この剣もお返しいたしましょう。もともと、あなたの父上のもの。我らが持っていても仕方がないものだ」

王座のそばにいた衛兵が、それ以上勇次郎が近づくのを阻もうとする。

「下がっていなさい」

王女に命じられると、彼らはすぐに剣を下げて脇に退いた。

勇次郎はバラの剣を衛兵に渡し、王女の前でスッと片膝をつく。

「分をわきまえない無礼な振る舞いの数々を、どうかお許しいただきたい」

勇次郎は目の前にある彼女の足を取り、その靴のつま先にゆっくりと口を近づける。

それを、王女は愉快だとばかりに目を細めて眺めていた。

「けれど……」

唇が靴に触れる直前で止め、視線を上げる。

「貴女に忠誠を誓うつもりはない。用が済めば、この城から出て行かせてもらう。ただ、その前に約束を果たした報酬だけは必ずいただく」

勇次郎は靴をつかんだまま、王女を見上げてはっきりと言った。

王女は笑みを消すと、不快そうな表情になる。

「あの石のことを言ってるのなら、無駄なことよ。この国はおろか、この世界のどこにもありはしないんですもの。ないものをくれと言われても、困ってしまうわ。妹がなんと言ってあなたたちを誑かしたか知らないけれど、真に受けるなんて……あなたも呆れたおバカさんなのね」

「石ならこの国に必ずある」

迷いなくそう言った勇次郎を、愛蔵も、そして妹君も驚いたように見ていた。

「聞き分けがないわね……この城中探したところで、見つかりっこないわよ。だって、誰もそんなものを見たことがないんですもの。私だって知らないわ。どこにあるのか、教えてもらいたいくらいよ！」

「貴女は知っているはずだ。かつて、ドラゴンを打ち倒した時、その体が砕け、後にはあの願いが叶う石が残ったと伝説で語られているのだから」

「そんなもの、もうとっくに失われて……」

「その時の石は、失われてしまったかもしれない。けれど、ドラゴンは再びこの国に現れた。それは僕らもこの目で見ている。だとすれば……っ！」

勇次郎は地面を蹴った瞬間、腰に隠していた短剣を引き抜いていた。

「ドラゴンを退治すれば、また石は手に入る！」

足を大きく踏み出すと同時に、横一線にその刃を振る。

けれど、わずかに届かなかった。

王女の瞳が深紅に染まったかと思うと、冷たい微笑がその口もとに浮かぶ。

凍るような冷たい風が巻き起こり、咄嗟に足を踏ん張って腕で身を庇った。頬に痛みが走り、切れた皮膚から血が伝う。

「う、うわあああ――っ‼」

まわりにいた衛兵たちが怯えた声を上げ、血相を変えて広間の扉に殺到する。

壁や天井が見る間に凍りつき、山で聞いたのと同じ、甲高い鳴き声が広間に響き渡った。

王座の上で翼を広げて飛び上がったのは、あの時空を舞っていたドラゴンだ。

全身はクリスタルのように透明だが、胸の辺りだけが鮮やかな赤色に輝いている。

「う、嘘だろ……っ！！！」

愛蔵は驚愕の表情でその姿を見上げている。勇次郎はすぐさま足の向きを変えた。

ドラゴンが羽ばたくと、荒れ狂う風が広間のステンドグラスを粉々に砕く。

降り注ぐ鋭く尖った氷を避けながら愛蔵に駆け寄って、その腕を強くつかんだ。

「弓は⁉」

愛蔵はハッと我に返り、勇次郎に預かっていた弓を渡す。

勇次郎は弓をくるんでいた布を取った。そのあいだにも、地面に落ちた氷が大きな赤い瞳を持った魔物に姿を変える。それを見た愛蔵の顔が強ばっていた。

「あの魔物、街に現れるやつだろ……というか、なんで王女がドラゴンに姿を変えるんだよ！　ドラゴンって、人に化けられるもんなのか⁉」

「知るわけがないだろ！」

　愛蔵につられて声を張り上げながら、勇次郎は急いで弓に弦をかける。

　矢を三本ほどつかみ出すと、その一本をつがえて弓を引いた。放ったその矢は、妹君に飛びかかろうとした魔物の目を射貫く。

　すぐさま飛び出した愛蔵が、もう一体の魔物をレイピアで突き刺した。そして、妹君を引っ張りながら柱の陰へと逃げ込む。

「ごめんなさい……っ！　お二方とも……私のことはいいのです。早くこの場からお逃げくださいっ‼」

　彼女は膝から力が抜けたようにその場に座り込んだ。

　魔物は倒しても、次から次に現れるためきりがない。すでに、衛兵たちは広間から姿を消し、扉が閉ざされていた。職務よりも、本能的な恐怖のほうが上回ったのだろう。

　このドラゴンを目の当たりにして、それでも踏みとどまって戦おうと思うのは、怖れ知らずの勇者か、考えなしの愚か者くらいだ。自分たちがどちらなのかは、考えるまでもない。

勇次郎は弓を構えながら、愛蔵と背中合わせになる。

「どうするんだよ。お前がとんだご無礼を働いたせいで、王女様はいたくご立腹だぞ！」

「まさか、ドラゴンになるほど怒るとは思わなかった」

愛蔵が蹴っ飛ばした魔物を、勇次郎が矢で仕留める。

「嘘つけ。わかっててやったくせにっ！　というか、普通はドラゴンになんないだろ！　あれ、どうやって戻すんだよ!?」

「さあ？　こういう時は熱いキスで戻るんじゃないの？　知らないけど」

勇次郎が矢を放ってから答えると、「テキトーだな」と愛蔵は呆れ顔になっていた。

「ああなったのは、お前のせいなんだから、お前が試してみろよ」

「いや、無理。僕は嫌われてるし。そっちこそ、試してみなよ」

「……………いや……俺も、ちょっと……恐れ多くて……」

背中でお互いを押しながら言い合う。

「あれは、姉様ではありませんっ！　ドラゴンに心を乗っ取られてるだけです！」

二人の間に割り込んできたのは妹君だ。

ドラゴンが怒り狂ったように地面を踏み鳴らして四方八方に息を吐くたび、辺りが吹雪になっていた。大きく翼をはためかせると、その衝撃で壁に亀裂が生じる。

それを見た二人は、すっかり青くなって沈黙した。

「……どっちのキスを選ぶか、きいてみたら？」

「お前が勇気を出してきいてみろよ」

ドラゴンがその首を仰け反らせて一声鳴くと、天井の一部が吹き飛ぶ。

勇次郎は「絶対、無理」と、首を横に振った。キスする前に、丸呑みにされそうだ。

「あんな凶暴なドラゴンが姉様なわけがないでしょう！　本当の姉様は、お花や小鳥を愛する、心優しいお方なのです。絶対に、絶対に、あれは姉様ではありませんっ‼」

妹君が拳を縦に振りながら、涙目で訴えかけてくる。

その時、高らかな笑い声が響き、王女がドラゴンの背中から姿を見せた。

「私の城に入り込んで荒らす不愉快なコソ泥は、みーんな踏み潰してしまいなさいっ‼」

王女は立ち上がると、三人を見下ろしながらドラゴンに命じる。

ポカンと見ていた愛蔵が、驚いたようにその姿を指さした。

「って、王女様がドラゴンになったんじゃないのかよ⁉」

「ですから、あれは姉様ではないと、何度も申し上げたでしょう！」

ズイッと顔を近づけて睨んでくる妹君に、愛蔵は引き気味になりながら苦笑した。

「とにかく……あのドラゴンをどうにかしないと、王女様も元に戻らないってことだよな。乗っ取られてるんなら」

「どっちにしろ、石を手に入れるためには、あれを退治するしかない」

勇次郎がギュッと眉を寄せて言うと、愛蔵も真顔になる。その視線が、ドラゴンに向いた。怯みそうになる気持ちを抑えるように、彼はニッと笑う。

「じゃあ、俺たちがやらなきゃいけないことは、決まってるってことだ」

勇次郎は矢を確かめる。そう、無駄にはできないだろう。

魔物をいくら相手にしていても消耗するだけだ。

「援護はしてやる。あいつの気がそれているあいだに、お前は飛び込め」

一撃で仕留めるためには、愛蔵のレイピアに頼るほかない。自分の矢では、致命傷を与えられるほどの威力がないからだ。

愛蔵は勇次郎の顔をジッと見てから、腰に手をやって微かにため息を吐いた。

「……わかってんのか？ 俺はそのお姫様を連れていくわけにはいかないんだ。お前がいながら戦うことになるんだぞ」

囮になれば、彼女の身も危険にさらすことになるのだと言いたいのだろう。

「だけど、それしかない」

それが唯一にして、最善の方法だと思えた。

無謀なこともわかっている。失敗すれば、全員ここから生きては出られない。

「私のことなら、この場にいないものと思ってくださってかまいません。お二人の足手まといになるつもりはありませんもの。それよりも、姉様をどうか助けてください。勝手な願いなのは承知しております。けれど、お二人に頼る以外、私には術がないのですっ！」

妹君も覚悟を決めたような表情になっていた。

亀裂が入っていた天井が、ボロボロと崩れ落ちてくる。三人はそれを咄嗟に避けて走り出す。

愛蔵が右手の柱の陰に飛び込むのを目の端で確認してから、妹君の腕をつかんで左手にある柱の陰に駆け込んだ。

「ここを動かないで」

勇次郎の言葉に、妹君は真剣な表情で頷く。

数本の矢をつかみ、その一本を弓につがえる。弓を少し下げたまま、集中するように目を閉じて深く息を吐き出した。

ドラゴンが翼を広げて飛び上がろうとした瞬間を狙い、地面を蹴って飛び出す。

同時に弓を引いて放った矢は、狙い通りに翼に命中する。

続けて射ると、眉間に当たったもののはじき返された。

ドラゴンは咆哮と共に大きく翼を動かし、風を起こしながらこちらに向かって一直線に飛んでくる。帽子は気づけばどこかに飛んでしまっていたが、かまう余裕などない。

足を踏ん張りながら、弓をグッと引いた。

ほとんど前など見えない状態で放った矢は、ドラゴンの片目に的中する。

そのあいだに距離を詰めた愛蔵が、地面を蹴って飛び上がった。その瞬間、ドラゴンが翼をなぎ払うように動かす。

咄嗟に後方に飛び退いて避けた彼は、よろめいて片膝をついた。折れたレイピアの先端が跳ね返り、回転しながら飛んできて床に突き刺さる。

愛蔵も息が上がり、切れた額から血が流れ落ちていた。折れた剣で襲いかかってきた魔物と応戦しているが、いつまで保つかわからない。

勇次郎は魔物に取り囲まれ、駆けつけることもできなかった。

弓を引く腕にも力が入らなくなっている。勇次郎は残っている矢に目をやる。

(あと五本……)

これが尽きれば、残された武器は短剣だけだ。

無理だ——。

頭をかすめたその言葉を、歯を食いしばって打ち消す。

「諦めてしまえばいいのに。お前たちがどれだけ抗ったところで、敵うはずがないわ。ぜーんぶ、無駄なのよ」

王女が弱くなりかけた心を見透かすように嘲笑った。

「無駄かどうかは、やってみなきゃわかんないだろっ‼」

はね除けるような愛蔵の強い口調に、勇次郎は目を見開く。

折れた剣の切っ先を向けたまま、彼はドラゴンを見据えていた。まだ、諦めるつもりはないと、強固な意志がその瞳に宿っている。

ここで諦めれば、本当になにもかもが無駄になってしまう――。

まだ、なにも手に入れてはいない。なに一つ、成し遂げてもいない。

なにもかも放り出して、逃げるほうがずっと容易い。

そのほうが賢明で正しい判断だと言えるのかもしれない。

けれど、それではなんのためにこの世界に生まれてきたのか、なんのためにこの世界で生き続けるのか、その〝答え〟も見つからないままだ。

勇次郎は弓を握る手に力を込め、大広間を見回した。

散乱している瓦礫と氷のあいだを、魔物がうろつきまわっている。

瓦礫のそばに落ちているのは、衛兵に渡したはずのバラの剣だ。逃げ出す時に投げ捨てていったのだろう。

勇次郎は咄嗟に飛び出そうとしたが、脚に鋭い痛みが走って思わず膝をつく。

振り返ると同時に、背後から襲いかかる魔物の大きな目に短剣を突き刺した。

「…………っ‼」

切られたほうの脚に力が入らず、勇次郎は震えを抑えるように膝をつかんだ。

（こんなところで………っ‼）

歯を食いしばっていると、柱の陰から妹君が飛び出す。

彼女が目指しているのは父王のバラの剣だ。勇次郎がその剣を取りに行こうとしていたのを見ていたのだろう。

瓦礫を乗り越えて剣のもとまで辿り着くと、彼女はそれを抱えて引き返してくる。けれど、すぐに魔物が彼女のもとににじり寄っていた。

「これをっ‼」

彼女は抱えていた剣を、勇次郎に向かって思いっきり投げた。

その拍子に躓いて、短い悲鳴を上げながら床に倒れる。

咄嗟に腰を浮かせた勇次郎は、剣を受け取るとすぐに愛蔵のほうを向いた。

「受け取れっ！」

声が届いたのか、愛蔵がパッと振り返る。

勇次郎は傷を負ったその脚で無理矢理立ち上がり、彼に向かって剣を力一杯投げた。

魔物を押しのけた愛蔵は、飛び出すと同時にその剣に手を伸ばして鞘から剣を抜いていた。

勇次郎は残っていた矢をすべてつかむと、その一本を弓につがえて狙いを定める。飛び上がろうとしていたドラゴンの翼にその矢が突き刺さった。

さらに矢を放つと、ドラゴンが咆哮を上げてギラついたその瞳をこちらに向ける。

ドラゴンに向かって走っていく愛蔵が、間髪容れずダンッと地面を蹴って飛び上がった。

（これで、最後………っ！）

勇次郎は最後の一本をつがえ、息を深く吐きながら渾身の力で弓を引いた。

眉間を貫かれたドラゴンが大きな体を仰け反らせる。

ほとんど同時に、愛蔵の剣が胸の中心を深く貫いていた。

咆哮とともにドラゴンの体が砕け散り、背に乗っていた王女がフッと意識をなくしたように目を閉じる。

足場をなくした彼女の体が、ゆっくりと傾いた。

「姉様！」

そう、声を上げて飛び出したのは妹君だ。

彼女は両手を伸ばして姉を抱きとめると、一緒になって床に倒れていた。

着地した愛蔵が勢い余ってよろめき、「おっと！」と声をもらす。

いつの間にか、広間にあれほどいた魔物の姿も消えていた。

凍りついていた壁や床も解け、瓦礫が残るばかりだ。

立っていた勇次郎の足もとに、ポタッと血が落ちる。

「…………っ！」

傷を負った脚が体を支えられなくなり、咄嗟に弓を落として床に膝と手をつく。

立つ気力はもう残っていなかった。

深く息を吐いて座り込んでいると、急に体が宙に浮く。

驚いて目を開くと、愛蔵が勇次郎の膝と肩を両腕で抱えていた。

そのままストンと地面に下ろされた勇次郎は、ふらついてしまい咄嗟に彼の肩をつかむ。

「俺には……お前のほうがずっと、お人好しに見えるけどな」

勇次郎の腕を自分の肩にまわして支えながら、愛蔵がそう言ってフッと笑った。

意表をつかれて、思わず彼の顔を見る。それから、眉間に皺を寄せて顔を背けた。

「余計なお世話だ……」

強がるような言い方になった。だが、彼の助けがなければ、なにもかも無理だっただろう。少しだけ目を細めた勇次郎の口もとにも、笑みがにじむ。その時だ——。

目の前をよぎったものに気づいて視線を上げる。

（……雪、じゃない……）

小さな輝きを放つ粒のようなもの。それは、砕け散ったドラゴンの体だ。それが集まって結晶となっていくのを、勇次郎も愛蔵も驚いて見つめている。

太陽の光を集めたような透き通る黄色の石。

そして、深い海のような、濃い青色の石。

生まれたばかりのその二つの石は、次第に輝きを放ち始める。

二人は顔を見合わせ、「石っ‼」と同時に声を上げていた。

どんな願いでも一つだけ叶えてくれるという、伝説で語られていた宝石。

勇次郎は足を踏み出した拍子に、よろめいて倒れそうになる。その腕をつかんで引っ張ったのは愛蔵だ。

青く輝く石に、勇次郎は手を伸ばす。

愛蔵は手の中に落ちてきた黄色い石を見つめて、喜びを隠し切れない様子で目を輝かせていた。

お互い、この石にただ一つの望みをかけて、ここまで旅をしてきたのだ。

手を開くと青い光がもれる。

たしかに手の中にある石を、勇次郎はもう一度強く握りしめた。

（ようやく……手に入れたっ！）

「物語で語られていたことは本当だったのですね」

そう声がして、二人は同時に振り返る。

そばにやってきたのは、王女と妹君だ。

王女はすっかり穏やかな表情に変わり、瞳も優しさを取り戻していた。

「王女様……元に戻ったんだな」

愛蔵の言葉に、王女は少し恥ずかしげな笑顔を見せた。

「私はドラゴンに操られていたのですね……そのあいだのことを、なにも覚えてはいないのです。ですが、妹から話は聞かせてもらいました。私はあなた方お二人に、大変、失礼な振る舞いをしてしまいました。どうか、お許しを」

王女は頭を垂れて膝を折る。その手をスッと取ったのは勇次郎だ。

少し驚いたように見上げてくる彼女に微笑みかける。

「すべてはあのドラゴンがもたらした災い。僕らはあなたの妹君との約束を果たしたまで」

勇次郎は彼女を立たせると、手を離した。

愛蔵がバラの剣を鞘に戻し、「これを」と王女に差し出す。

王女は両手で剣を受け取ると、「お父様の剣……」と呟いた。

「……父が以前、話してくださいました。いつの日か、再びドラゴンがこの国に災いをもたらすことがあったとしても、必ず勇者が現れてドラゴンを打ち倒し、国に救いをもたらしてくれるだろうと」

彼女は潤む瞳を、勇次郎と愛蔵に向けた。

「お二人こそ、救国の英雄と呼ぶにふさわしいお方です。あなた方がおられなかったら、私もこの国もどうなっていたかわかりませんもの。感謝の言葉だけでは、お二人の功労に報いることはできないでしょう」

「俺たちは英雄とか勇者とかそういうんじゃないけど……」

愛蔵が自分の頭の後ろに手をやって、困ったように勇次郎を見た。

「ただの、通りすがりの旅芸人、ってことでいいんじゃないの？」

勇次郎は腰に手をやり、笑って答えた。

「そうだな……俺たちにはそれくらいでちょうどいい。あっ、だけど、この石は報酬ってことで……もらっていいよな？　一応、約束だったんだし」

愛蔵は持っていた石を二人に見せてきく。

強い輝きはその手の中で和らぎ、淡い温かみのある光沢に変わっていた。

勇次郎の持つ石も、青い透明感のある光に包まれている。

「もちろんです。それはお二人が手に入れた、お二人のためのものですもの。ドラゴンの力が宿るその石は、持つ者の願いを叶え、守護してくれると聞いております。きっと、あなた方のこの先の旅に、幸運をもたらしてくれるでしょう」

王女はそう言って微笑んだ。

「また、この街を訪れた時は、お城に立ち寄ってくださいね。姉様と一緒に歓迎しますから！」

「そんなこと言って、また俺たちを牢にぶち込むつもりじゃないだろうなー？」

「今度は本当に、本当に、大歓迎しますからっ‼」

妹君はワタワタして、握った両手を縦に大きく振る。『本当に、大丈夫か？』というようにジーッと見てから、愛蔵は「クッ」と笑った。

頬を赤くしながら、「ね？　姉様！」と妹君は姉のほうを向く。

「ええ……その時には、お父様がいらっしゃった頃のような、豊かで誰もが安心して暮らせる本来のこの街の姿をお二方にもお見せできるように、妹と助け合って国を立て直してみせますから」

王女は青空のように澄んだ瞳を二人に向け、「必ず」とその胸に手を当てながら誓った。

Act Ⅶ ～第七幕～

認めてほしい人がいる
誰だって

僕らの歌が
僕らの花が届くとき

Act Ⅶ ～第七幕～

稽古の後、愛蔵はⅠⅤが借りているライブハウスに足を運んだ。

ⅠⅤは忙しい合間に、こうしてわざわざ時間を作り、歌のレッスンをしてくれる。やることはいつも同じで、愛蔵がステージで歌い、それをⅠⅤがフロアの端で聴いている。その繰り返しだ。この日も二時間ほどのレッスンが終わると、ⅠⅤが出してくれた椅子に腰をかける。

「最初よりは、声が出るようになったんじゃないか?」

ⅠⅤはコーヒーを二人分いれ、カップを差し出す。それを受け取りながら、「どうだろう?」と愛蔵は首を捻った。

「自分じゃ実感なくて……けど、前よりも音程は取れるようになった気がします。ⅠⅤさん、絶対そこは聞き逃さないから。俺、チューニングされてるみたいな気分でした」

愛蔵は苦笑してカップを口に運ぶ。ＩＶは作業机によりかかったまま、「ははは っ」と笑って、その視線を自分のカップに落とす。二人ともブラックのコーヒーだ。

「もう少しなんだけどな……」

ＩＶの口から、独り言のような呟きがもれる。

なんのことだろうとその顔を見つめていると、彼は愛蔵に視線を戻した。

「愛蔵はもっと自信を持っていい。お前が思っている以上に、高いポテンシャルがあるんだということを自覚すべきだ」

「わかりません……ＹＵＩさんにも言われました。俺はやれるのに、やらないところがあるって。自分ではそんなつもりはまったくなくて……けど、人からはそう見えんのかな？」

「それは、人から見ると、もっとできるように思えるということじゃないのか？」

「買いかぶりだと思います」

「そうか？」

ＩＶは穏やかな笑みを作ったまま、真っ直ぐ見つめてくる。

「俺、そんな色々、できないし……」

勇次郎と違ってという言葉を、苦みの濃いコーヒーと一緒に呑み込んだ。

ＩＶは「これはたしかに深刻なようだ」と呟いて、困ったように息を吐く。

「俺たちがお前をオーディションで選んだのも、買いかぶりだったということか？」

「…………っ！」

カップを口に運ぼうとした愛蔵は、ハッとしたようにＩＶを見る。

「あの時、本来なら合格するのは一人だった。最終選考に残った二人のうち、どちらかが選ばれるはずだったんだ。だけど、俺たちは二人を推した。勇次郎だけじゃない。愛蔵のことも絶対に落とせないと思ったからだ」

その瞳が、『これでも買いかぶりだと言うか？』と問いかけているように見えた。

「ＩＶさん……」

ＩＶは微笑んで、愛蔵の肩をポンと叩く。

「証明してみせてくれ。俺たちのあの時の判断は正しかったんだと――」

（俺の中のポテンシャルって言われてもな……）

家に戻った愛蔵は、リビングの電気を点けてソファに腰を下ろす。

「わかんねー……っ」

ソファの背にもたれて天井を見上げていると、カチャッとドアが開いた。入ってきたのは、クロを抱えている兄だ。首にタオルをかけているから、風呂から上がってきたところなのだろう。そのままキッチンに向かい、冷蔵庫の中を覗いている。

「なんにもねーなー……なぁ、寿司でも頼む？　お前のおごりで〜」

（知るかっ！）

愛蔵はしかめっ面になり、リュックをつかんで立ち上がる。

無視したまま部屋に向かおうとしたが、途中でその足が止まった。

「なぁ……」

声をかけると、戸棚を開いてカップ麺を探していた兄がこちらを見る。

「……俺さ、小学生の頃……そんなに……歌、うまかった？」

ボソッとした声できくと、兄は目を丸くしてクロと顔を見合わせる。

兄の腕の中で居心地良さそうに丸まっていたクロが、お愛想程度に鳴いた。

小学生の頃、いつも歌っていたのは覚えている。音楽の授業でも、先生にやたらと褒められたりもした。母がコンクールに応募したのも、『出場してみてはどうか』と先生に勧められたからだ。

コンクールに出場するのは、歌の教室に通っていたり、どこかの合唱団に入っていたりする子どもたちがほとんどだろう。先生の指導を受けているわけでもない自分が、よく優勝できたものだ。単に運が良かったのか——。

兄は少し考えてから、「さあ？」と首を捻った。

きくだけ無駄だったと、愛蔵はため息を吐く。

「うまかったかどうかはわかんねーけど、いっつも歌ってたよな。楽しそうに」

キッチンに立った兄は電気ケトルの前でお湯が沸くのを待っている。

その後ろ姿を黙って見ていると、兄が振り返ってニッと笑った。

「……カツ丼でもいいけど？」

（だから、知るかっ!!）

愛蔵は部屋に入ると、返事のかわりにバンッとドアを閉める。

数学の参考書と教科書を広げて勉強をしていた愛蔵は、クロの鳴き声が耳に入って顔を上げる。部屋に籠もってから二時間ほどが経っていた。時計を見れば十一時すぎだ。

（そういえば、夕飯、食ってなかったっけ……）

立ち上がり、ちょこんと座っているクロを抱えてリビングに出る。

クロを預けていったということは、兄はどこかに出かけたのだろう。

（ったく……いないなら、電気くらい消しとけよ）

買い物をする暇がなかったため、冷蔵庫の中には食材になるようなものは入っていない。棚の中にあったカップ麺も、あと一個だけだった気がする。それも、兄が先に見つけてもう食べた後かもしれない。残っていればいいがと思いながら愛蔵はキッチンに向かう。

その足を途中で止めたのは、棚の中にあったカップ麺が、テーブルの上におかれていたからだ。蓋に、『譲ってやる』と付箋に書かれたメモが残っている。

かわりに、コンビニになにか買いに行ったか、ファミレスにでも行ったのだろう。

少し迷ってから、そのカップ麺を手に取る。その下にケースに入ったDVDが一枚、おかれていた。手に取ってみると、愛蔵が出場したコンクールのDVDだ。

「こんなの、残ってたのか……」

愛蔵はリビングのソファに座りながら、コンクールの映像をぼんやりと見つめる。

膝の上にのってきたクロは、すっかり飽きたようにあくびをもらして、毛繕いに夢中になっていた。食べ終えて空になった容器は、箸と一緒にテーブルにおいたままだ。

DVDを再生するのは、これで三回目だった。

名前を呼ばれると、手をピンッと伸ばした小学生の頃の自分が、ステージの袖から歩いてくる。すっかり緊張しているのは、誰の目から見ても明らかだろう。

ペコッとお辞儀をして、ピアノの伴奏に合わせて歌い始める。

それが終わると、わっと大きな拍手が起こっていた。

何度見ても、実感がわかなかった。これが自分だと言われてもピンとこない。

あの時感じたはずの胸が熱くなるような感動も、高揚感も、この映像の中からは感じられなかった。

こんなものだっただろうか。

記憶の中の自分のほうが、もう少しだけ、上手く歌えていたような気がする。

歌えなくなったのは、両親が離婚する少し前のことだ——。

近所の神社で毎年行われている祭りに、兄と出かけた日の帰りだった。

神社の参道に出ていた屋台で、お面を買って、兄と射的で勝負して、熱々の焼きトウモロコシを食べて、家で待っている母に、お土産のつもりでリンゴ飴を買った。

兄は、『母さんなら、イカ焼きだろ〜』と笑っていたけれど、イカ焼きより、リンゴ飴のほうが絶対に喜ぶと思ったからだ。

それですっかりお小遣いを使い果たしてしまったし、急に雨も降り始めたから、傘を差して、急ぎ足で家に帰ろうとした。

その時だった。駅前を歩いていた時、急に兄が立ち止まった。

そのまま呼んでも動かないから、どうしたのだろうと駅の方を見ると——父がいた。

それも、知らない女性の肩を、まるで恋人みたいに抱いている。家では母とケンカばかりしていて不機嫌なのに。女性と一緒にいる父は家では見せたことのない顔で笑っていた。

『え……なんで………？』

思わず、戸惑うような声がもれた。

『だって、父さん、今日は仕事だって……だから、帰りは遅くなるって……』

今朝、たしかにそう言っていたのに。家で母が待っているのに。

なんで――。

父はここにいる自分たちに気づかない。気づかないで、知らない女性と、タクシーに乗ってどこかに行ってしまう。咄嗟に呼び止めようとしたが、兄に腕をつかまれ痛いほど強く引っ張られた。驚いて振り返ると、後ろから手を伸ばした兄に目隠しされる。

『なんで……っ』

『知らなくていいんだ』

そう、兄が言った。

『なにも見ないで、なにも聞かないで、ただ笑っていれば、きっと、全部、なかったことになるんだ……だから、お前は知らないままでいろ』

兄はゆっくりと手を離す。

父と知らない女性はもう立ち去った後で、兄がなんだかひどくぎこちない表情で笑っていた。

『帰ろう。母さん……待ってる』

『うん……』

父が家を出て行ったのは、それからすぐのことだった。

毎日のように泣いていた母も、歌を歌えば元気になって、また笑ってくれると思った。

けれど、母にはそれが耳障り(みみざわ)りでしかなかったようだ。

『もう、歌わないで！』

そう、言われたことがショックだったこともあって、気づくと歌えなくなっていた。

話すことはできるのに、歌おうとすると、水の中にいる時のように息ができなくて声が出せない。歌声だけ、取り上げられてしまったように。

これはきっと、自分に与(あた)えられた罰(ばつ)なんだと思った——。

舞台が近づくにつれ雑誌の取材も増え、イベントに出演することも多くなった。あと二週間ほどで本番当日なのだと、嫌でも実感させられ、日に日に緊張が高まっていく。

そんな中、衣装を着て、大道具や小道具を実際に使っての通し稽古が行われた。

ドラゴンに操られた王女と直接対決をする場面に入り、王女役の梨乃の前に、勇次郎が進み出る。演出の大城戸先生が勇次郎と梨乃を呼んで、何度も指導していた大事な場面だ。

「許しを乞えというのなら、いくらでもそういたしましょう」

「おいっ！」

愛蔵がレイピアに手をかけたまま声を上げると、勇次郎がそれを遮るようにスッと腕を出す。そして、自分の弓を愛蔵に預けて王座に座る王女の前に進み出た。手に持っているのは、王女の父のものであるバラの剣だ。

「……それで助かるなら安いものだ。僕らもこの命を無駄にはしたくない」

「あら、あなたはそっちのおバカさんと違って、ずいぶんと物わかりがいいのね」

「もちろん、この剣もお返しいたしましょう。もともと、あなたの父上のもの。我らが持っていても仕方がないものだ」

王女に近づこうとする勇次郎を、王座のそばに控えた衛兵が飛び出して阻もうとする。

「下がっていなさい」

王女の命令で後ろに一歩下がった衛兵に、勇次郎は持っていたバラの剣を預ける。そして、王女の前に片膝をついた。

「分をわきまえない無礼な振る舞いの数々を、どうかお許しください」

脚を組み、高飛車な態度で見ている王女の靴を手に取り、ゆっくりと顔を近づける。

その靴のつま先に唇がつきそうになった時、勇次郎の視線が王女に向いた。

周りで見ていた役者やスタッフたちも、緊迫したその演技を息を呑むように見守っている。梨乃も、いつものおっとりした彼女とはまるで別人のように、ドラゴンに操られ、豹変した王女の役にすっかりなりきっていた。

二人の演技力の高さをまざまざと見せつけられるようだった。演出の大城戸先生も顎に手をやったまま、演じる二人から目を離さない。『これが見たかったんだ』とでも言うように、満足そうな笑みがその口もとに浮かんでいた。

「けれど……貴女に忠誠を誓うつもりはない。用が済めば、この城から出て行かせてもらう。ただ、その前に約束を果たした報酬だけは必ずいただく！」

勇次郎の力強い声が練習室に響く。

愛蔵は思わず鳥肌が立ちそうになり、無意識にレイピアの柄を握る手に力を入れていた。

（ここまで、仕上げてくんのかよ……っ）

最初の読み合わせの時から、勇次郎は声の抑揚のつけ方、間の取り方、掛け合いのテンポなど、舞台が初めてとは到底思えないくらいにうまかったが、あの頃とは比べものにならない。

それも、大城戸先生の演技指導を本気で受けるようになったからだ。台詞回しも、動きも格段に変わった。こうして稽古をしていると、勇次郎の演技に引っ張られ、自分まで舞台に立っていることを忘れそうになる。

まるで〝あちらの世界〟に本当にいるような――。

そんな気にさせられて、気づくと本気になって言い合いをしていることもあった。

今ここで演じているのは、自分の知っている相方ではない。『ＬＩＰ×ＬＩＰ』の勇次郎ではない。きっと、ずっと役者として舞台に立てなくて、それでも舞台に立つことを夢見続けて、一人陰ながら稽古と努力を続けてきた〝染谷勇次郎〟なのだろう。

スタッフを含め、この場にいる全員が、のめり込むように見ているのは勇次郎だ。

間違いなく、それは本番の舞台でも同じだろう。この勇次郎と、同じ舞台に立って対等に演じなければならない。今になってそれがどれだけ無茶なことだったのか、思い知らされる気がして、冷や汗が滲んでくる。

愛蔵は自分の腕を手で強くつかんだ。


勇次郎が『LIP×LIP』というユニットをどれほど大切にしているか、そこにどれだけ大きな夢をかけているのか知っている。

そのために、持てる力の全部で今の自分たちを守ろうとしていることも。

大城戸先生とぶつかったのも、そのためだったのだろう。

抱えている想いの大きさは自分も同じだ。夢を叶えるために、目指したステージに立ち続けるために、勇次郎をパートナーに選んだ。

たった一人では辿り着けない場所、辿り着けない世界を二人なら見られる。ついてきてくれる多くのファンに、その世界を見せられるのだと信じているからだ。

それなのに――。

背中合わせで戦っているつもりで、いつの間に寄りかかってしまっていたのか。

足を引っ張るなと、お互いに言い合ってきたのに。

十五分ほどの休憩に入ると、勇次郎は椅子に戻って自分のタオルを取り、汗を拭っていた。その姿を、愛蔵は離れたところで見つめる。

それではダメなのだ――。

(……あいつは俺の分まで荷物を抱えることになる)

対等であるために、隣に並ぶために、乗り越えなければならないものがある。

勇次郎がふとこちらを向く。目が合うと、少し怪訝そうな表情になっていた。

目をそらさず、密かに拳を強く握る。

(俺はあいつを……勇次郎を乗り越えていかなきゃいけないんだ)

なぜ、そのことを忘れていたのだろう。

あのオーディションの日から、ずっと立ち塞がる壁は目の前にあったのに。

愛蔵は顔を背けると、唇を結んで足早に練習室を出ていく。

そうしないと、勇次郎の重荷を軽くはしてやれない。

この先も、自分の荷物まで預けて、相方を歩かせるわけにはいかない。

絶対に――。

ＩＶが借りているライブハウスのステージに立ち、目を閉じたまま、深呼吸して歌い始める。ＩＶはそれをフロアの一番後ろの手すりにもたれて聴いていた。

歌い終わると、ＩＶが珍しく拍手をくれる。彼がフロアを通ってステージまでやってきたので、愛蔵はステージからトンッと下りた。

「いいだろう。ひとまず、これでレッスンも終わりだな。あとは、愛蔵次第というところだ」

「ありがとうございました！」

愛蔵は深く頭を下げる。ＩＶのレッスンを受けるようになってから、池崎先生にも音程が安定したし、声も伸びるようになったと合格をもらえた。これで、なんとか本番には臨めるだろう。あとは、ＩＶの言う通り自分次第だ。

「ＩＶさんのおかげです。チケット送るから……みんなで観に来てください」

「あいつらまで呼ぶのはやめておいたほうがいいんじゃないか？　最後まで大人しく座って観ていられるか……」

不安だというように、ＩＶの眉間に少しだけ皺が寄った。

愛蔵は「そうかも」と、笑う。

「けど……やっぱ、みんなにお世話になってるから。あっ、あと、ＹＵＩさんのラーメンの誘いも断ったままだから、今度は行きますって伝えておいてください」

「あんまり辛くない普通にうまいラーメンの店に、だろ？」

「そうだと嬉しいけど」

愛蔵が答えると、ＩＶは愉快そうに笑った。

「舞台まで、あともう少しだな。稽古のほうは順調なのか？」

「どうだろう……けど、後はやれること、全部出し切るだけだって思ってます」

足らないものもたくさんあるだろう。観た人がどう感じるのか、不安がないと言えば嘘になるが、この数ヶ月、自分が必死になってやってきたことを信じて舞台で見せるしかない。

失敗しても、笑われても、これが今の自分の全部なんだと――。

「そうだな……舞台、喜んで行かせてもらう。あいつらも連れて」

「はい」

ＩＶは「ああ、そうだ。愛蔵」と、思い出したように言う。

「前に色々できないと言ってたよな？　だけど、自分が持っているものをもっと評価したほうがいい。お前はお前が思っている以上に多くのことができるし、多くの人に愛されているはずだ」

戸惑うように見つめていると、「ピンとこないって顔だな」と笑われる。

「当たり前だと思っているものが、特別に与えられたギフトだったんだと、いつかは気づくだろう……だから、その時まで今の言葉を忘れないでほしい」

ＩＶは愛蔵の腕を軽く叩いて微笑んだ。

（俺に与えられたギフト……か……）

舞台が行われる大きなホールで、この日、ゲネプロが行われた。

すべて、当日と同じように行われる最後の通し稽古だ。

メイクをして、衣装を着て、準備万端整えて舞台に向かうと、ほかの共演者たちも続々と集まってくる。スタッフが忙しそうに舞台を出入りしてるのを、愛蔵は舞台袖の邪魔にならない場所で待機しながら眺めていた。

舞台上にはすでに大道具が配置されている。天井の丸いライトは、照明の最終確認をしているところなのか赤や青の光で点滅している。緞帳は上がっていて、階段状に並んだ客席が見えた。明日は、この客席も観客で埋まるだろう。

嫌でも緊張してくる。「愛蔵君……」と、控えめな声で呼ばれて振り返ると、王女役の梨乃がそばにきていた。彼女も髪を結い、メイクもして、白色のドレスを着ていた。その頭には、金色のティアラが載っている。

「井野川さん……」

「緊張、しますね」

隣に立った井野川梨乃は、舞台をキラキラした瞳で見つめる。

「舞台、慣れてる井野川さんでも緊張するんだ」

少し驚いて言うと、彼女がこちらを見た。

「しますよ！　慣れることなんて少しもないです。でも、嫌いじゃないんです。このドキドキする感じ……私、また舞台に立てるんだって嬉しくなるから」

梨乃は「愛蔵君のおかげですよ」と、微笑んだ。

「本当にすごいなって思います」

「俺は井野川さんのほうがすごいって思うけど……」

「私はただお芝居が好きで、小さい頃からやっていたから、慣れているだけですよ」

（それだって、すげーことだと思うけどな）

そう思いながら聞いていると、彼女は先を続ける。

「葵ちゃん、本当はこの舞台、あまり出たくなかったんだと思うんです。でも、私が出たがったせいで、彼女に無理をさせてしまったから、本当に申し訳なくて……でも、あの愛蔵君とのアドリブの一件があってから、稽古の時もすごく楽しそうで」

「それは俺のおかげってわけじゃ……」

梨乃は小さく首を横に振り、「愛蔵君のおかげです」とはっきりした声で言った。

「葵ちゃんだけじゃないですよ。私もあれから、すごく稽古が楽しくなりました。スタッフさんや、ほかのみなさんもそうだと思います。現場の雰囲気がよくなって、明るくなったもの。大城戸先生も、そうだと思います」

愛蔵は「えっ、先生が?」と、目を丸くする。

「はい。愛蔵君の指導してる先生、楽しそうでしたよ? よく笑ってましたし」

「いや、でも、俺……けっこうビシバシ言われたけどな」

愛蔵は頭の後ろに手をやって首を傾げた。

相変わらず厳しいことは厳しいが、たしかに愛蔵の演じる場面ではよく笑っている。それに、今まで出したアイディアはほとんど採用してくれたし、それに合わせて演出を変更してくれた場面もある。

「勇次郎君も、きっとそうだったと思います。それまで、気を張ってるみたいだったのに、肩の力が抜けたみたいだったから」

勇次郎と掛け合いの練習をしていた彼女が言うのなら、そうなのだろう。

(俺には、全然わかんなかったけどな……)

たしかに、あれ以来、勇次郎も眉間に皺を寄せて険しい表情をしていることはなかったように思う。大城戸先生とぶつからなくなったから、というのもあるだろう。

「愛蔵君は本当にすごいです。たくさんの人を動かしてしまうんだもの」

「俺のやったことは、小さいことだけど……」

愛蔵は苦笑気味に答えた。

「でも、ほかの誰もできなかったことだから」

梨乃はニコッと笑って、持っていた小さな袋を愛蔵の手に渡す。

透明な包みの中身はレモン色の飴だ。ドラゴンを倒した後、愛蔵が手に入れる伝説の石に、色や形までそっくりだった。

「我が国名物〝謎の石キャンディ〟を、勇敢なる旅のお方に授けましょう」

芝居がかった口調で言うと、梨乃は笑ってクルッと身をひるがえす。「頑張りましょうね！」と言い残して、彼女はそばを離れていった。

(謎の石キャンディって……)

飴の袋を見て、愛蔵はフッと相好を崩した。

「梨乃ちゃーん」

衣装に着替えた葵が、梨乃に駆け寄る。彼女は愛蔵が見ていることに気づくと、『頑張ろうね！』と言うように笑って拳を握った。

愛蔵は『おうっ』と、小さく拳を握ってみせる。

そのやりとりを横で見ていた梨乃が、クスッと笑って葵になにかを耳打ちしていた。

途端に顔を赤くした葵が、あわてたように梨乃の背中を押す。二人とも楽しそうだ。

（ほんと、仲のいい姉妹みたいだよな）

舞台裏に移動する二人を眺めていると、衣装に着替えた勇次郎がスタッフに挨拶しながらやってくる。「愛蔵、勇次郎！」と、内田マネージャーが舞台袖で手招きしていた。

愛蔵は小さく息を吐いてから、彼女のもとに向かう。

「……なに持ってんの？」

勇次郎にきかれて、愛蔵は握っていた飴の包みを見せた。

「謎の石キャンディ。なんと、王女様から直々に賜ったんだぞ。すげーだろ？」

「明日の物販でも売られるみたいだけどね。大量に段ボール箱に入ってたから」

「なんだよ、ありがたみが減るじゃねーか。というか、いつの間にグッズ化されてるんだー？」

ガックリしていると、謎の石キャンディが手から消えている。「あっ！」と声を上げて隣を見ると、してやったりというように勇次郎がニヤッと笑った。

「愛蔵は甘いもの苦手だから、もらっとく」

愛蔵は「ったく、油断も隙もねー」と、ため息を吐く。

勇次郎の前で甘いものを見せびらかしたのが間違いだった。

内田マネージャーから弓とレイピアを受け取ると、二人とも帽子を深めにかぶる。

「あと、十五分で開始でーす！」

そう、スタッフが呼びかけていた。

「じゃあ、二人とも頑張って！」

内田マネージャーに笑顔で言われて、愛蔵と勇次郎は「「はーい」」と返事をする。

視線を交わしてから、いつもライブ前にやっているようにコツッと拳を合わせた。


廃墟となった薄暗い聖堂の、崩れた天井から月明かりが差す。

衛兵に囲まれた愛蔵と勇次郎が、咄嗟に旅芸人のふりをしてこの場を逃れようとする場面だ。勇次郎がオルガンの前に倒れていた椅子を起こし、腰をかける。

「人前で歌ったことなんてないんだ！」

勇次郎のもとに駆け寄った愛蔵は、焦ったように小声で訴えた。

「僕だってない」

「故郷の歌も知らない、子守歌だって知らないっ！　俺は……っ！」

「じゃあ、適当に歌うんだな。伴奏ならしてやる」

「無茶を言うな。いきなり合わせられるわけがないだろ！」

そう言うと、勇次郎が愛蔵の胸ぐらをつかんで引き寄せた。

「無茶でも歌うか、捕まって牢にぶち込まれるか、どっちがいいんだ!?」

「…………っ！」

言葉を詰まらせ、愛蔵は勇次郎を突き放す。

「失敗しても文句言うなよっ！」

ステージの中央に移動すると、「どうした、早くしろ！」と衛兵たちの野次が飛んでくる。

緊張のせいで、本番のように心臓がバクバクしていた。

「あー………」

喉に手をやって軽く発声すると、本当に台本に書いてあった通りひどく掠れた声になった。

「もっとしっかり歌え！」

衛兵の嘲笑まじりの声に、『わかってんだよ！』と言い返したくなる。

ここでしくじれば、この場面全部が台無しになる。愛蔵は落ち着けと、自分の胸に言い聞かせた。ＩＶとのレッスンで何度も練習した歌だ。

勇次郎の弾くオルガンが最初の音を会場に響かせる。その音に、愛蔵はパッと顔を上げた。『しっかりしろ』と、背中を叩かれたような気がする。

（本当、役……そのままだな……）

旅芸人のふりをするため、即興で歌を歌えなんて――。

無茶にもほどがある。それでも、彼がオルガンを弾き始めたから、やらないわけにはいかなくて、少しずつ歌い始める。

その声が、会場を包むように広がった。

（あれ…………？）

目を伏せてゆっくりと歌っていた愛蔵は、戸惑うように目を開く。

月明かりに見立てた青白いライトの光が、スッと上から差していた。

いつもＩＶとのレッスンで歌っていた時はマイクを使っていなかった。

今回はちゃんとマイクが歌声を拾ってくれているとはいえ、こんなにも響くものだろうかと驚いたのだ。いつものライブの時とも全然違う。

勇次郎の弾くオルガンの重い響きと、自分の歌声が合わさって、会場全体を包み込むように広がっていく。それが気持ちよくて、もっと声を出してみたくなった。

(俺……すげー調子よくないか?)

レッスンの効果なのか、会場の音響の効果なのか、朝、コンビニで買って食べたツナマヨおにぎりの効果なのかわからないが、いつもとは違う。

音も安定していて、思った通りに歌えている。レッスンの時には難しかった高音も綺麗に出て、『よしっ』と無意識に拳を握っていた。

ああ、そうか――。

家のリビングで繰り返し観たコンクールのDVDの映像が、不意に目に浮かんだ。

あの時はなにも思い出せることがなくて、無感動に眺めていただけだったのに。

急に、あの日のコンクールの会場に、引っ張り戻されたような気がした。

空調の効いた乾いた会場のひんやりとした空気と、匂いまで思い出せる。

順番がまわってきて、アナウンスで名前を呼ばれ、緊張しながらステージに出ると、ライトの光が眩しかった。暗い舞台袖にいたから、余計にそう感じたのだろう。

伴奏をしてくれる女性がピアノの前に座っていた。ステージの真ん中に立って、ペコッとお辞儀すると、パチパチと拍手が起こる。その中で、恥ずかしいくらい大きな拍手をしてくれたのは客席に座っていた母だ。だから、両親と兄が座っている場所はすぐにわかった。顔を見ると急にホッとして緊張が解ける。

家のリビングで飛び跳ねて歌っている時と、同じ気持ちになれたから。

ピアノの伴奏が始まって歌い始めると、家で歌っている時よりも、学校で歌っている時よりも声がよく響くから、それが心地よくて、もっと、もっとたくさんの人に届けばいいのにと、思いっきり声を出して歌っていた。

（そうだ、俺……こうやって、歌ってたんじゃないか……）

なにやってたんだと、思わず下を向いて笑いそうになった。

あの頃の自分にはちゃんとできていたことだったのに。

歌えなくなった時、その歌い方まで全部、思い出したくない記憶と一緒に心の箱の中に入れて、閉じ込めてしまっていたのだろう。


それを、開けてしまうのが怖かったのだ――。

向き合いたくないことが多かったから。

けれど、嫌な思い出ばかりではない。


コンクールの時のこともそうだ。優勝できて、飛び跳ねるほど嬉しかったのに。

全部まとめて、箱の中に放り込んで、もう見ないように、思い出さないように、心の一番奥底にしまった。

歌っても、優勝しても、誰にも必要とされなくて、なんの役にも立たないものに思えた。

けれど、IVが言っていたように、それは自分に与えられたギフトだったのだろう。

特別なものが、なにもないわけではない。

探していたものは、必要なものは、最初から自分の中にあった。

大切なものをしまった箱の鍵は、なくしていなかった。


あとは、開ける勇気だけだった――。

気づけば、オルガンの音が聞こえなくなっていた。

会場に響いているのは、自分の歌声だ。

勇次郎が途中でオルガンの伴奏を止めるなんて、そんな演出にはなっていなかったはずなのに。

歌い終えると同時に、溜まっていた涙がボロッとこぼれ落ちる。

余韻が消えるころ、ようやく顔を上げると、衛兵役の人たちも役を忘れたようにポカンとこちらを見ていた。次の台詞が入るはずなのに。

思わず勇次郎を見ると、演奏をやめてこちらを見ている。

その目が驚いたように見開かれていた。

不意に、観客のいない客席から拍手の音がパチパチと聞こえる。

一階席の真ん中で観ていた演出家の大城戸先生が、手を叩いていた。

つられたように、両隣に座っている脚本家の先生や、ダンスや歌指導の池崎先生も拍手を始める。二階席の後ろで観ていたスタッフもだ。

勇次郎もフッと笑って手を叩いていた。

衛兵役の人たちも顔を見合わせて、感心したように笑いながら拍手する。

今日が本番ではないのに。

愛蔵はこみ上げてきたものを堪えるようにギュッと目を閉じて、お辞儀する。

『ほら、歌えたじゃん！』

あの日、コンクールのステージに立っていた自分が、得意そうに笑った気がした──。

通し稽古が行われた後、スタッフや共演者の人たちがやってきて、あのシーンの歌について、「よかったよ！」と言ってくれた。

大城戸先生まで、無言のまま肩を叩いて去っていったから、『合格』は貰えたのだろう。

愛蔵は「よしっ！」と、ガッツポーズを取る。

（ほんと、ギリギリで間に合ったな……）

これで、明日の本番になんとか挑めるだろう。不思議なくらいに不安がなかった。これが自信というやつなのだろうか。今なら、どんな歌でも歌えそうな気がするし、何曲だって歌えそうだ。通し稽古でずっと歌っていたのに、まだ歌い足りない気すらした。

（調子に乗りすぎだって）

フワフワと浮ついているような自分に言い聞かせながらも、どうしても口もとが緩む。どうせなら、調子に乗ったまま最終日まで走りきりたい心境だった。

舞台上では、スタッフが城内のセットを片付け、雪山のセットを準備している。その後ろは階段になっていて、上っていけるようになっていた。本番では、吹雪や雪煙に見立てたスモークが舞台を白く染める。雪が舞う照明が入るから、なかなか幻想的な眺めだろう。

先ほど行われた通し稽古ではスモークも本番同様使用されたが、これからやるのは場面ごとの最終確認だけなので照明だけだ。

勇次郎もスタッフから弓を受け取り、雪山の階段を上っていく。舞台にいたスタッフも、それぞれ道具を抱えて急ぎ足で舞台から退去していた。

（そろそろ行くか……）

愛蔵は帽子を深くかぶり、レイピアを腰に差そうとした。

その時、カタンッと音がして振り返る。階段から落ちてくるのは、勇次郎が持っていた弓だった。途中で立ち止まっていた勇次郎の体が後ろ向きに倒れるのを見た瞬間、愛蔵は目を見開き、自分のレイピアを放り出して飛び出していた。

階段を踏み外して、落ちてくる勇次郎の体を間一髪両手で受け止めたまではいいが、自分もふらついてドタッと尻餅をつく。

「…………って！」

スタッフが、驚いて駆け寄ってきた。舞台の袖にいた内田マネージャーも、「勇次郎、愛蔵！　大丈夫⁉」と血相を変えてやってくる。

勇次郎は「大丈夫です……」と、起き上がったが顔色が悪い。

一人では立てないようだったので、愛蔵は肩を貸して一緒に立ち上がった。

車で病院に向かった勇次郎は、午後六時をすぎた頃、ようやく事務所に戻ってきた。

内田マネージャーに休憩室で休んでいるときいて様子を見にいくと、椅子に座っている当の本人はすっかり元気そうで、ツナマヨのおにぎりを頬張っていた。

愛蔵は拍子抜けして、「ハァ～～～ッ！」と大きな息を吐く。

内田マネージャーの話では、寝不足と空腹のせいで目眩がしただけだったようだ。

内田マネージャーはホッとしたように、大城戸先生にも報告の連絡をしていた。先生も随分と心配していたと聞いている。

あの時、咄嗟に体が動いてくれたからよかったものの、勇次郎が落下して怪我でもしていれば明日の舞台にも支障が出ていただろう。

「……食ってなかったのか？」

向かいの椅子に座ってきくと、勇次郎がモグモグとおにぎりを食べながら頷いた。

「忙しくて、忘れてた……」

珍しくしょげているような声になっているのは、大騒動になってしまったことを反省しているからなのだろう。

「お前なぁ、忘れてたじゃねーよ……自己管理大事だぞ。わかってるだろ」

昼休憩の時も寝ていて、弁当には手をつけていなかった。

(家であんまり寝てなかったのかもな……)

「まあ、相方である俺がちゃんと見張ってなかったのも悪いけど」

額に手をやって呟くと、「ハァ？」と睨まれる。

愛蔵はテーブルに肘をつき頬杖をつきながら横を向いた。

「いつものお前で安心したよ。けど……明日、大丈夫なのか？」

「当たり前じゃん。ただ、お腹空いてただけだし。あと眠かったのと……」

「ったく……家でもちゃんと食ってんだろ？」

「食べてない」

「なんで？　お前んち毎日すき焼きなんじゃねーのか？」

「どこの家が、毎日すき焼き食べてんの？」

勇次郎が二個目のおにぎりに手を伸ばそうとした時、勢いよくドアが開く。

その音に、二人ともビクッとした。


「勇次郎、愛蔵、聞いたわよ――――っ！！！」

大きな声で言いながら入ってきたのは社長だ。

そばにやってくると、勇次郎と愛蔵の手をガシッと握りしめる。

「倒れるほど空腹を我慢させていたなんて……これは社長として看過できないわ！　今晩は、景気づけを兼ねて焼肉の店に連れて行くわよ！」

「社長。私今すぐ、特上のお肉が食べられるお店をリサーチしてきますっ！」

内田マネージャーはメガネをクイッと指で押し上げると、鼻息を荒くして部屋を飛び出していく。

「二人とも、すぐに出かける準備しなさいね。お肉が待ってるから♥」

社長はウィンクして休憩室を出ていき、パタンとドアを閉めた。

部屋の中は静かになり、廊下からスタッフたちの歓喜の悲鳴が聞こえてくる。

どうやら、事務所にいる全員、連れて行くつもりらしい。

「焼肉だって……特上の」

「聞いてた……」

二人は顔を見合わせると、椅子から立ち上がる。

「「やったぁぁ――――っ!!」」

思わず喜びの声を上げた二人は、満面の笑みでパンッとハイタッチした。


初日の舞台が終わった。大きな失敗やトラブルもなく、観客の反応も想像していた以上によかった。カーテンコールの時の鳴り止まない拍手が、終わった後も耳に残っている。感極まって泣く人たちもいた。SNSでもかなり評判になっていたと、後で内田マネージャーが教えてくれた。

役者だけではない。裏方のスタッフ含め、関係者全員がこの舞台を成功させるために、この数ヶ月一丸となってやってきた。

それを評価してもらえたことが、なによりも嬉しかった。この初日の成功は全員で勝ち取ったものだ。

ただ、この日、観に来てくれたファンから、『よかった！』、『感動しました！』とコメントや感想をもらえたことはやはり嬉しかった。いつものライブやほかの仕事では見せられなかった自分たちを、知ってもらえただろう。

舞台の熱と余韻が残ったまま、愛蔵は帰る前にもう一度舞台を覗きにいく。

スタッフが数名、まだ残っていて舞台裏で作業をしていた。

声をかけられ、『お疲れ様です』と挨拶する。客席の照明は消えていたけれど、舞台のライトだけが点いている。

舞台端まで行くと、扇子が残されていた。それを身をかがめて拾う。

（これ、大城戸先生の……）

ミーティングが行われた後、忘れていったのだろう。稽古の時、大城戸先生がイライラして扇子をあちこちに叩きつけていたことを思い出して微かに笑った。

ここに辿り着くまで、ずいぶんと大変だった。

けれど、なんとか今日まで乗り切ってこられた。

腰を下ろすと、無人の客席をぼんやりと眺める。舞台のことを思い返すと、なんだか夢の中にいたような、まるで本当に別の世界にいたような気がする。

ぼんやりしていると、誰かがそばにやってくる。

「舞台って、楽しいよな……」

客席のほうを向いたまま、隣に立った勇次郎に話しかけた。

舞台に立てるのが嬉しいと言った梨乃の気持ちがよくわかる。明日の舞台が待ち遠しくて、今日は興奮したまま眠れないだろう。

最初はあんなに感じていた不安やプレッシャーも、今は少しも感じなかった。

「みんな、けっこう笑ってくれてたよな。終わった後、泣いてた人たちもいたし」

「愛蔵がアドリブで入れたところもウケてたしね」

「だろ？　やっぱ、俺はアイドルで、エンターテイナーなんだよ」

自信満々に言うと、勇次郎が目を丸くしてこちらを見る。

それから、「なにそれ、誰に言われたの？」と我慢しきれずに笑っていた。

「森田のおっさん」

今日、観に来てくれた森田さんから、『感動した――！』とメッセージが入っていた。

ＦＴ４のメンバーが来てくれるのは千秋楽だ。

終わってから楽屋でスマホをみると、『俺たち全員、楽しみにしているな』とⅣがメッセージを送ってきてくれていた。お祝いの花も贈ってくれたようで、『フラワーショップ・はなやま』のおじさんが運んできた大きなフラワースタンドが通路に飾られている。

「……お前んちの母上、来てたのか？」

「来てない。京都で公演があるから、あっちにいる。弟も出るし……」

「ああ、そうか……」

（それで、ご飯も食ってなかったのか）

お手伝いさんがいるだろうが、稽古で帰るのが遅くなれば、疲れて食欲もわかなかったのかもしれない。

「千秋楽には帰ってくるって言ってたから、その時には観に来るんじゃないの？」

「父上も来てくれるといいよな……」

勇次郎がずっと父親に認められたくて、けれど認めてもらえなくて、悔しい思いをしてきたのは知っている。

今回の舞台を観れば、父親も勇次郎のことを〝華がない〟なんて言わないはずだ。

勇次郎が舞台を降りないと言ったのも、大城戸先生に対する反発だけではなかったのだろう。

本気で挑んだその姿を父親に見てほしかったから――。

そのために張り通した意地だ。勇次郎は今でも父親に認めさせたいと思っている。

『今ここで引いたら、あの人の言葉は正しかったと、認めることになるからだっ!!』

勇次郎のあの時の言葉は、大城戸先生だけではない。幼い頃、見放すように言った父親に向けた言葉でもあったのだろう。

「……観に来てほしいんだろ？」

愛蔵は『違うのか？』と、勇次郎を見る。

「……どうだろう。べつにいいって思ってるけど」

客席のほうを見ていた勇次郎は、視線を下げてさめたような言い方をする。

「よくねーよ。母上に引っ張ってでも連れてきてもらえよ。お前の演劇の初舞台だろ。歌舞伎じゃないけどさ……今のお前を見たら、見直すに決まってる」

あの鬼のようだった大城戸先生すら、認めさせることができたのだ。

「今さら、あそこに戻りたいと思ってるわけじゃない……戻ったところで、どうにもならないし……」

隣に立ったまま、勇次郎はポロッとこぼすように呟く。愛蔵は「知ってる……」と、一言だけ答えた。それは、歌舞伎のことを勇次郎に尋ねた時に聞いた。

だから、オーディションを受けて、アイドルという新しい道を自分で選んだのだ。

「父さんは父さんで、どうすることもできなかったんだ。僕を諦めさせるために、言うしかなかったんだと思ってる」

「……一回も歌舞伎の舞台、立たせてもらえなかったのか？」

「……立たせられるわけがない。弟はその頃から、舞台に上がってたけど」

（それも、けっこうひどいよな……）

舞台に立たせる気がなかったのなら、なぜ稽古をさせたのだろう。

期待だけさせて、取り上げるようなマネは子どもには酷だ。

そう思ったものの、勇次郎の家のことだから、複雑な理由と事情があるのだろう。

黙って聞いていると、「けど……」と勇次郎が先を続ける。

「一回だけ、神社に連れて行かれて舞を奉納したことがある。なにかのお祭りの時だったと思う……歌舞伎の舞台に立てないとわかって、僕が塞ぎ込んでいたから。本当は弟が出るはずだったのに、僕にやらせてくれたんだ」

「へぇ……舞って、巫女さんがやるみたいな？」

「その時は白拍子のかっこうだったけどね。父さんに舞を教えてもらって、神社の舞殿に上がって、笛に合わせて舞って……見ていた人たちはみんな拍手をくれたけど……僕はひどく悲しかったんだ。もう、これで終わりなんだと思ったから」

勇次郎は淡々と話しながら、ほんの少し苦みを含んだ微笑を浮かべた。

「でも、それがあの時、父さんにできた精一杯のことだったんだってことも、わかってる」

愛蔵は黙って聞きながら、大城戸先生が忘れていった扇子を少しだけ開く。

父親の事情も気持ちもわかるから、それ以上舞台に立ちたいとも言えなかったのだろう。

それでも、諦めずやり続けてきたからこそ、今、ここにいる——。

歩みを止めなかった勇次郎の勝利、と言えるのだろう。


(ほんと、頑固だからな……)

愛蔵は扇子を閉じ、顔を上げて相方を見る。

「あのさ、その舞……今も覚えてんだろ?」

勇次郎が「えっ」と、視線をこちらに向けた。

「たぶん、もう忘れてる。ずいぶん前だし……あれからやってない」

「嘘つけ」

愛蔵は笑って、勇次郎に扇子を投げ渡す。

咄嗟にそれを受け取って、勇次郎は驚いたように瞬きした。

「せっかく覚えたのに、一回きりじゃもったいないだろ。その舞……やってみろよ」

「ここで?」

と、勇次郎が困惑気味に眉根を寄せる。

「いいだろ? 俺しかいないけどさ」

ニカッと笑って、愛蔵は舞台から下りる。これで終わり、ではない。

この先もずっと続いていくのだ。自分たちの舞台、そしてステージは——。

「……覚えてないって言ってんのに」

勇次郎は、『まったく』とばかりにため息を吐く。

それから、一度扇子を開いてからパチンと閉じた。

やる気になったのか、顔を上げた時にはスッと表情が変わっている。

扇を手にゆっくりと舞う勇次郎の姿を、一番前の特等席に座って見つめる。

覚えていないと言いながら、足の動きにも、手の動きにも迷いがない。

ほら、覚えているじゃないか——。

勇次郎が一度覚えた舞やダンスを忘れるわけがない。

開いた扇を手に、勇次郎はスッとしゃがむ。立ち上がると、流れるような動きでまわっていた。

神社の舞殿に上がった時も、きっと笛の音に合わせて、一生懸命舞っていたのだろう。

(やっぱ、お前ってさ……)

すごいよな——。

その言葉を胸にしまったまま、愛蔵は微かに笑う。

その時、「押すなっ！」と声が上がり、ドタドタとなにかが倒れる音がした。

愛蔵と勇次郎が驚いて舞台袖を見ると、大城戸先生が数名のスタッフに押しつぶされていた。どうやら、勇次郎が舞うのをこっそりとそこで見物していたらしい。

しかも、内田マネージャーまで一緒だ。

「なにしてるんですか……？」

勇次郎が冷ややかな声で尋ねると、全員があわてたように立ち上がってくる。

「私は二人を迎えに来ただけですからね！」

内田マネージャーが弁解するように言って、傾いたメガネを直した。

「俺は、扇子を忘れたんだ。それを取りに来ただけだからなっ！」

大城戸先生は腕を組んだまま偉そうに言ったが、視線は横に逸れている。

（ほんと、なにやってんだろうな……この人たちは……）

愛蔵は呆れながら、立ち上がって舞台に上がる。

勇次郎と一緒に先生たちのところに行くと、「今の舞、すごく綺麗でした！」と女性のスタッフが目を輝かせて言った。ほかのスタッフたちも、「いいもの見られたな！」、「残ってよかった～」と感動したように口々に言いながら笑う。

勇次郎は「どうも……」と、素っ気ない返事をしていた。照れ隠しもあるのだろう。

それから、扇子を丁寧に閉じて先生に差し出した。

「先生、すみません。少しお借りしていました」

大城戸先生は返された扇子で手のひらをパチンと打ちながら、「まあ、なんだな……」と口ごもる。

「次の舞台は、義経と静御前で行こうと思う！」

先生が力強く宣言すると、「おおっ！」とスタッフたちがどよめいた。

「君たち二人が主演だっ！」

大城戸先生にバンッと強く肩を叩かれた二人は、「「えっ」」と顔を見合わせた。

「……いいけど、どっちが静御前の役？」

「えっ、お前だろ？」

大城戸先生は拳を握りながら、「今の舞は、さながら静御前のようだった……」と感動を噛みしめている。

「ほら。先生もこう言ってるし」

愛蔵が人差し指をチラッと先生に向けると、「ハァ⁉」と勇次郎の眉間に皺が寄る。

「義経の役は譲らないから。愛蔵やりなよ……静御前。似合うと思う」

「誰が見たって似合わないだろ。今回の舞台のために、すげー腹筋鍛えたんだぞ！」

「腹筋は関係ないから。誰もそんなところ見ないし！」

「適材適所だろ！」

「まあ……愛蔵は静御前より、弁慶のほうが似合ってるかもね」

勇次郎は軽く握った手を口もとにやって、「ククッ」と笑う。

「弁慶か……まあ、それならまだいいけどさ」

静御前よりはまだそのほうがやれそうな気がする。それに、鍛えた腹筋も無駄にはならないだろう。

大城戸先生は「義経と弁慶か……それもいいっ！」と、真剣な顔をして顎に手をやっていた。

「決めたぞ。次の舞台は、義経と弁慶だ‼」

大城戸先生が拳を振り上げて宣言すると、「君たち二人で！」とまた愛蔵と勇次郎の肩を強く叩く。周りにいるスタッフたちが、「ワッ！」と賛同するように拍手した。

それを押しのけるようにして進み出たのは、内田マネージャーだ。

「仕事のオファーなら、まずはマネージャーたるこの私を通していただきましょうか！」

指で押し上げたメガネのレンズが、キランと光る。

鼻息の荒い内田マネージャーに、さすがの大城戸先生も、「その話は、後ほど……じっくり」とタジタジになっていた。

(内田さん、強え〜……)

頼もしいと言うべきか。愛蔵は苦笑した。

次の舞台――。

まだ、初日が終わったばかりなのに、もう、次に向かって走り出したくなっている。

自分たちの可能性をもっと、切り開いてみたくなる。

(もっと、色んなことに挑戦してみたいよな……)


いつか見た夢を、夢で終わらせない。

現実へと変えていく。そのための力はもう、自分たちの中にあるのだろう。

だから、後は怖れることなく、進み続ければいい。

たとえ嵐の中であろうとも、険しい山であろうとも。

歩みを止めなければ、いつかは望んだ〝希望〟の世界に辿り着ける。

その時まで――。

客席を見つめていた愛蔵は、隣に立っている相方を見る。
勇次郎もほとんど同時にこっちを見たから目が合った。
考えていることは一緒なのだろう。そんな気がして、フッと笑い合っていた。

Epilogue ～エピローグ～

千秋楽の朝、愛蔵は洗面所から出てリビングに向かう。

ドアを開いて入ると、兄がキッチンに立っていた。休日なのに珍しい。

（しかも、人の服を勝手に着てるし）

奮発して買ったお気に入りのジャケットだ。リビングのソファに腰を下ろしてスマホを見ていると、コトッと音がする。

目の前のテーブルにおかれているのはマグカップだった。

兄はすり寄ってきたクロを抱き上げて、ヒョイッと肩に乗せる。

「今日……来んの……？」

愛蔵はマグカップに手を伸ばして、小さな声できいた。先日、テーブルの上においておいた二名分のチケットは、朝起きた時にはなくなっていた。

「そーいや、お前の舞台、今日が最終日なんだっけ？　アリサちゃん、行きたいって言ってたからな～。行くかもな。たぶんだけど～」

兄は相変わらず締まりのない顔で笑っている。

（デートのついでかよ……まあ、いいけど……）

カップを見つめてから、「あのさ」と口を開いた。

「俺、そのうち……この家出て、一人暮らししようと思ってる……」

ずっと、考えていたことだ。内田マネージャーにも相談して、手頃な物件を探してもらっている。兄とはそう顔を合わせることもないし、ゆっくり話すこともない。

だから、今、言ってしまうほうがいいのだろう。

「ふーん……いいんじゃねーの？」

返ってきたのは、それだけだ。いつもと変わらない軽い口調だった。

今だって、同じ家に住んでいても、別々に生活しているようなものだ。

だから、別に困ることもないだろう。

「いつにするか、まだ決めてないけど……その時は、クロも連れていっていいだろ？」

「あ～いいけど……」

兄はクロの背中を撫でてやりながら、「やっぱ、ダメ」とすぐに言い直した。

「えっ、なんで？　世話してんの、ほとんど俺だし……」

反対はされないと思っていたのに──。

「クロまで連れていったら、お前はもう……この家に戻ってこないだろ？」

少しだけ目を細めると、兄はクロを肩から下ろす。そして、「ほら」とこちらに渡してきた。

「でも、ここにこいつがいれば……心配になって、時々は帰ってきたくなるかもしれないよな？」

クロは愛蔵が抱きかかえると、兄のほうがいいとばかりに腕の中で身をよじる。

落とさないように気をつけながら抱え直すと、ようやく居心地が良くなったのか、大人しくなった。

愛蔵はどう答えればいいのかわからず、戸惑ったまま兄の顔を見る。

「んじゃ、そういうことで……俺、アリサちゃんと待ち合わせしてるから」

リビングを出て行こうとした兄は、「あ、そうだ」と足を止める。

「服、借りてくぞ～」

ニカッと笑うと、兄は上機嫌に口笛を吹きながらリビングを出ていく。

「…………もう、着てるし…………」

愛蔵は小さく呟いて、クロをギュッと抱きしめる。

クロを連れていったって、心配になって帰ってくるに決まっているのに。
帰る場所と、帰る理由を、この家に残しておいてくれる。
こんな〝俺〟のために。
いつでも、〝あなた〟は家族でいてくれようとした──。

支度を終えて玄関に行くと、スニーカーを履いて、スポーツバッグを肩にかける。
家の中は灯りが消え、静まり返っていた。

「行ってきますっ！」

いつもより大きな声で言い、頭を下げる。
顔を上げ、愛蔵はクルッと向き直って玄関戸を開いた。
外に出ると、青く染まった空で太陽が強く光り輝いている。

玄関戸を閉めて鍵をかけると、それをポケットに押し込んで足を踏み出した。

（さあ、行こう……）

勇次郎が家の玄関を出ると、母が外まで見送りに出てくれた。

「今日は必ず観に行くわね。お父さんと一緒に」

「うん……」

「愛蔵君によろしくね」

「うん……まあ……ね」

曖昧に返事をすると、「仲良くしないとダメよ」と釘を刺された。

「わかってる……じゃあ、行ってきます」

歩き出そうとすると、「ああ、待って！」と母に引き留められた。

火打ち石を取り出した母が、それを打ち鳴らす。勇次郎は少し驚いて母を見た。

「お父さんや光一郎さんの公演の時も、やっているから……」

舞台が無事に終わるように願いを込めた験担ぎだ。

嬉しそうに微笑む母は、少し泣きそうな表情になっていた。

今まで、あなたにはやってあげられなかったから、と——。

「ありがとう、母さん……」

「行ってらっしゃい。頑張ってね」

「うん……行ってきます」

勇次郎はバッグを肩にかけると、真っ直ぐ前を向いて歩き出す。

（さあ、行こう……）

（俺たちを）

（僕たちを）

待っている世界へ——。

まだ人々が目覚めていない街は静かだった。時折、小鳥の囀りが聞こえてくるくらいだ。少し暗いが、空の彼方は白くなり始めている。

建国の英雄の像が建つ広場の石畳に、二人の細い影が伸びた。

「せっかく、王女様があの馬をくれるって言ったのに、なんで断ったんだよ。馬があるほうが楽なのに」

隣を歩く愛蔵は腕を組んだまま、不満そうな顔をしている。

「自分の馬だけもらってくればよかったんじゃないの？　僕はいらないけどね」

「一緒に旅するのに、俺だけ馬に乗ったって仕方ないだろ」

「誰も一緒に旅するって言ってないけど。なんで、勝手に決めてんの？」

二週間ほど城に滞在させてもらったが、足の傷もそろそろ癒えてきたため旅立つことを決め、昨日、王女とその妹君には挨拶がてらそのことを伝えた。けれど、愛蔵には一言も話していない。

それなのに、今朝、荷造りをして部屋を出ると、彼は当然のような顔をして旅装を整えて待っていた。どうやら、王女と妹君から話を聞いて、自分も行くことを決めたようだ。

愛蔵は勇次郎と違い、怪我を負っているわけではないのだからいつでも旅立てただろう。それなのに、彼ものんびり城で過ごしていたのは、勇次郎の回復を待っていたからのようだ。傷を心配してのことなのか、誰も頼んでいないのにお節介なやつだ。

歩くことに支障はないとはいえ、まだ痛みは残っている。

歩調を速めたかったがそれもできなくて、『ついてくるな』とばかりに横目で睨んだ。頭の後ろで手を組んだ愛蔵は、人の言うことなど聞く気はないとばかりに横を向いて口笛を吹いている。その態度が余計に腹立たしく、勇次郎の眉間の皺がより深くなった。

「そういえば……お前は思い出せたのか？」

愛蔵がきいているのは、忘れている過去の記憶のことだろう。

お互いに、その記憶を取り戻すために石を探していたのだ。

「…………いや…………そっちは？」

勇次郎は街の門に向かって歩きながらきき返す。

「なんにも……やっぱ、そんなに簡単に願いが叶うわけがないよな」

愛蔵はポケットから自分の石を取り出し、手の中で軽く転がしながら苦笑する。彼も自分の石に願ってみたのだろう。この城に滞在しているあいだ、勇次郎も何度か試してみたが、石はただ淡い輝きを放つだけで反応を示さなかった。

王女に頼み、城の図書室で文献を探して読んでみたりもしたが、どの方法を試しても同じだ。相変わらず、十歳以前の記憶は真っ白なままで、自分がどうしてこの世界にいたのか、その手がかりすら見つからない。

勇次郎は自分の青い石をポケットから取り出す。願いが叶うまでに時間がかかるのか、あるいはなにか特別な方法があるのか、それとも本当にただの石でしかないのか——。

あんなに苦労して手に入れたのにと、思わないわけではないが、不思議とそこまで落胆はしていなかった。

「ただの石、だったりしてな」

愛蔵は黄色いその石を指で持ち、ようやく差し始めた日の光にかざしてみている。

「売れば、多少の路銀にはなるんじゃないの？　珍しい石だし」

「売るつもりかよ。あんなに苦労して手に入れたのに」

「ただの石だったら、持っていても仕方ない。まあ……お守りくらいにはなるかもね」

持っていれば、いつかは願いが叶うものなのかもしれない。物語でも、即座に願いが叶うなんてどこにも書かれていなかった。

「まあ、とりあえず、他の方法でも探すか……そのうち、思い出せるかもしれないしな。うっかり転んだ時とかに」

ニッと笑っている彼を、勇次郎は呆れたように一瞥した。

「そんなことで思い出せるなら、もうとっくに思い出してると思うけど？」

「わかんないだろ？　衝撃を与えると記憶が戻ることがあるって、前にどっかの占い師に言われたことあるし」

「そう思うなら、試しにそのへんの木にでも頭をぶつけてなよ。一人で」

「それは、もう試してみた。けど、無駄だったんだよ」

（なんという愚かしさ……）

勇次郎は「ハァ……」と、ため息を吐いてさめた目を愛蔵に向ける。

「で、なんでついてくるの。自分の道を行きなよ」

「目的は同じなんだ。一緒に行くほうが合理的だろ？」

愛蔵は石を軽く投げて受け止めるのを繰り返しながら、「俺だって、不本意だけど」と唇をムッと曲げている。

「どこが合理的？」

「俺といたから雪山からも生きて戻れたし、ドラゴンだって退治できたし、石だって手に入ったじゃねーか。なんの役に立つのかわかんねー謎の石だけど」

「お前と一緒にいると、ろくなことがない」

愛蔵が「また、それか」と、うんざりしたように顔をしかめた。

「もう、文句と不満は受けつけないからな！」

「お小言は聞かない！」

勇次郎は両耳を手で押さえる。

街の入り口の門が見えてきたところで、「旅の勇者様！」と呼び止める声が上から聞こえた。振り返ると、二人が泊まっていたあの宿の窓が開いていて、宿屋の娘が身を乗り出すように手を振っていた。

「王女様を助けてくださってありがとうございますっ‼」

彼女は大きな声で言うと、「よい旅を！」と二人に赤く色づいたリンゴを投げる。

それを、勇次郎と愛蔵は受け止めて顔を見合わせた。

さっきまでの言い合いも忘れて、お互いに笑顔になる。


今はまだ、探し求めていたことの〝答え〟は見つからない。

けれど、もしかしたら、同じ道を行く誰かとなら、いつかは――。


そう、いつかは。

（見つけられるのかもね……）


二人は手を振って前を向き、朝日に包まれている扉の向こうへと真っ直ぐに歩いていく。

一つの物語が終われば、新たな物語の幕が開く。

過去の悔いも、この身を縛る定めも。
未来への迷いも、不安も、怖れも、すべておいて。
扉の向こうに待つ、いつか誰かが夢に見た、輝く世界へと。
夜明けとともに、進んでいこう。

信じ続ける限り、その先に。
『希望』は、あり続けるから――。

The end

HoneyWorks
メンバーコメント!

Gom

彼らの愛とくちづけ
これからも受け取って
ください。
ありがとうございました。
孤独な狼Gom

shito

小説化ありがとうございます!!
舞台でも二人の関係は変わらない。
これからもずっと。
し

ヤマコ

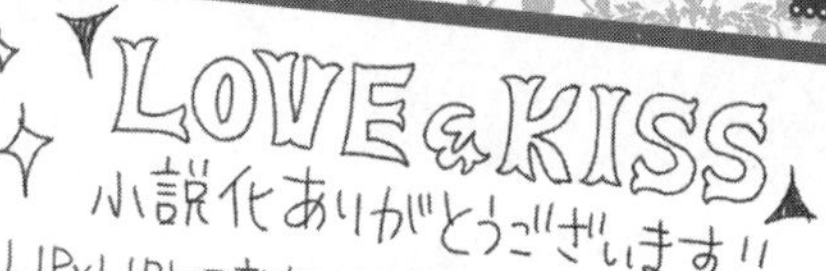

LIP×LIPとして新たに挑戦するお話。ミュージカルの中で
立ち向かうお話。2人のさらなる成長が嬉しくどちらも大好きです。
LOVE&KISSは、LIP×LIPの中でも、特に悩んで悩んで
大変だった、思い入れのあるMVです。
その分、異世界のモンスターやドラゴン、旅人戦士の衣装など
普段描くことのないものに自分もたくさん挑戦できて楽しかったです。

モゲラッタ

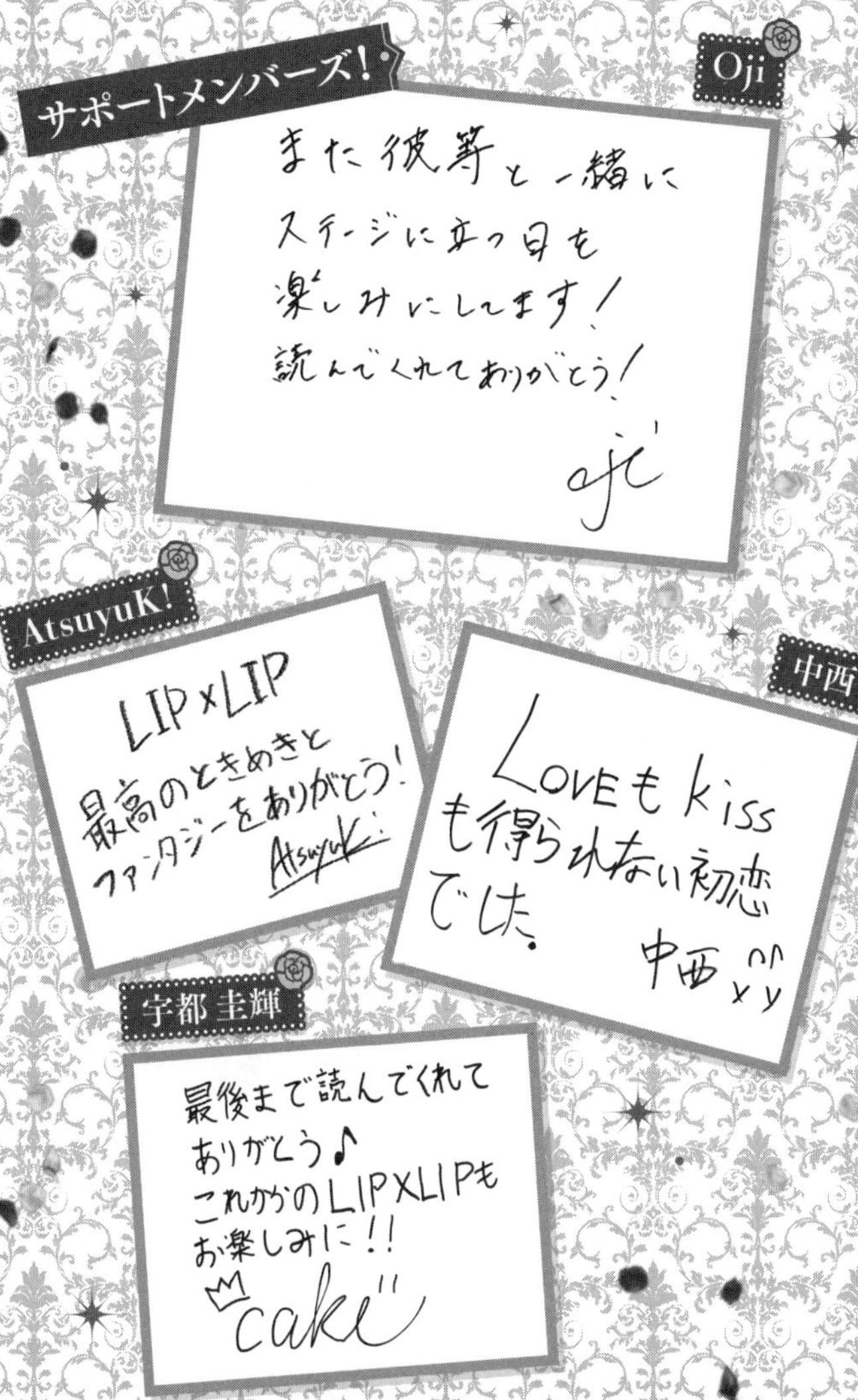
サポートメンバーズ！
Oji
また彼等と一緒に
ステージに立つ日を
楽しみにしてます！
読んでくれてありがとう！
oji
AtsuyuK！
LIP×LIP
最高のときめきと
ファンタジーをありがとう！
Atsuyuk
中西
Loveもkiss
も得られない初恋
でした。
中西
宇都 圭輝
最後まで読んでくれて
ありがとう♪
これからのLIP×LIPも
お楽しみに！！
caki

Kotoha

新刊発売
おめでとうございます

LIP×LIPが活躍する姿をまた
見ることができて嬉しいです!!
たくさん読むぞ〜!!

Kotoha
ことは

kyo

『告白実行委員会
ファンタジア
LOVE&KISS』
小説化おめでとう
ございます!!

kyo

Kaoru

祝!小説化!
僕もアイドルになりたいです!

KAORU

Hanon

新刊発売
おめでとうございます!!
ファンタジーな世界に
どっぷりはまっちゃってください!!

Hanon

裕木レオン

僕も
ジュリエッタ
です!

れおんぬ

「告白実行委員会　ファンタジア LOVE&KISS」の感想をお寄せください。
おたよりのあて先
〒102-8177　東京都千代田区富士見2-13-3
株式会社KADOKAWA　角川ビーンズ文庫編集部気付
「HoneyWorks」・「香坂茉里」先生・「ヤマコ」先生・「島陰涙亜」先生
また、編集部へのご意見ご希望は、同じ住所で「ビーンズ文庫編集部」までお寄せください。

告白実行委員会（こくはくじっこういいんかい）　ファンタジア
LOVE&KISS
原案／HoneyWorks　著／香坂茉里（こうさかまり）

角川ビーンズ文庫　23403

令和4年11月1日　初版発行

発行者——山下直久
発　行——株式会社KADOKAWA
〒102-8177　東京都千代田区富士見2-13-3
電話 0570-002-301（ナビダイヤル）
印刷所——株式会社暁印刷
製本所——本間製本株式会社
装幀者——micro fish

ISBN978-4-04-113127-5C0193 定価はカバーに表示してあります。

シリーズ累計
300万部突破!

- 「告白予行練習」
- 「告白予行練習 ヤキモチの答え」
- 「告白予行練習 初恋の絵本」
- 「告白予行練習 今好きになる。」
- 「告白予行練習 恋色に咲け」
- 「告白予行練習 金曜日のおはよう」
- 「告白予行練習 ハートの主張」
- 「告白予行練習 イジワルな出会い」
- 「告白予行練習 僕が名前を呼ぶ日」
- 「告白予行練習 大嫌いなはずだった。」
- 「告白予行練習 東京サマーセッション」
- 「告白予行練習 乙女どもよ。」

著／香坂茉里、藤谷燈子
イラスト／ヤマコ、島陰涙亜

角川ビーンズ文庫
スキキライ
超人気!!
キュンキュンボカロ曲制作チーム♪
HoneyWorks楽曲が
物語となって登場!!
原案/HoneyWorks
著/藤谷燈子
イラスト/ヤマコ
大好評発売中!!
illustration by Yamako
© Crypton Future Media, INC. www.piapro.net piapro